KB080770

시티
픽션
───────
런던

**옮긴이 김영희**
서울대 영문과를 졸업하고 같은 대학원에서 리비스와 레이먼드 윌리엄스 연구로 박사학위를 받았다. 한국과학기술원 인문사회과학부 교수로 재직했고 현재 명예교수로 있다. 지은 책으로 『비평의 객관성과 실천적 지평』『다시 소설이론을 읽는다』(공저) 『세계문학론』(공저) 등이, 옮긴 책으로 『가든파티』『맨스필드 파크』『영국 소설의 위대한 전통』『미국의 아들』등이 있다.

**옮긴이 한기욱**
한국외대 영문과와 서울대 영문과 대학원을 졸업하고 같은 대학원에서 허먼 멜빌 연구로 박사학위를 받았다. 지은 책으로 『문학의 열린 길』『문학의 새로움은 어디서 오는가』『영미문학의 길잡이』(공저), 옮긴 책으로 『필경사 바틀비』『우리 집에 불났어』『브루스 커밍스의 한국현대사』(공역)『미국 패권의 몰락』(공역) 등이 있다. 현재 『창작과비평』편집고문, 인제대 영문과 명예교수로 있다.

# 시티 픽션: 런던

초판 1쇄 발행/2023년 10월 16일

지은이/버지니아 울프 외
옮긴이/김영희 한기욱
펴낸이/염종선
책임편집/한예진 양재화
조판/신혜원
펴낸곳/(주)창비
등록/1986년 8월 5일 제85호
주소/10881 경기도 파주시 회동길 184
전화/031-955-3333
팩시밀리/영업 031-955-3399 편집 031-955-3400
홈페이지/www.changbi.com
전자우편/lit@changbi.com

한국어판 ⓒ (주)창비 2023
ISBN 978-89-364-3933-0 04840
ISBN 978-89-364-3932-3 04800 (세트)

시티
픽션

———

런던

버지니아 울프    캐서린 맨스필드    헨리 제임스

김영희·한기욱 옮김

창비

차례

**일러두기**

1. 여기 실린 단편들은 창비세계문학 단편선 『가든파티』(2010)와 『필경사 바틀비』(2010)에서 가져왔다. 외국어의 표기는 국립국어원 용례를 따랐다.
2. 본문 중의 각주는 옮긴이의 것이다.
3. 본문 중의 고딕체는 원서에서 이탤릭체로 강조한 부분이다.

버지니아 울프  Virginia Woolf

큐 가든  Kew Gardens

타원형 화단에는 백여개쯤 되어 보이는 줄기들이 솟아올라, 중간쯤에선 하트나 긴 혓바닥 모양의 잎사귀로 벌어지고, 끄트머리에선 색색가지 점이 표면에 찍힌 빨강, 파랑, 혹은 노랑의 꽃잎을 펼쳤다. 그리고 빨강, 파랑, 혹은 노랑의 그늘진 목구멍에서는 금빛 가루가 묻어 있는, 곤봉처럼 끝이 살짝 부푼 곧은 막대가 올라왔다. 도톰한 꽃잎들은 한여름 미풍에 살랑거리고, 꽃잎이 움직일 때마다 빨강, 파랑, 혹은 노랑의 빛이 엇갈려 겹치며 밑의 갈색 흙을 매우 미묘한 빛깔의 2센티미터쯤 되는 조그만 얼룩으로 물들였다. 그 빛은 조약돌의 매끈한 잿빛 등 위나 갈색의 나선형 금이 새겨진 달팽이집 위로 떨어지고, 혹은 빗방울 속으로 들어가

빨강, 파랑, 노랑의 강렬한 빛깔로 물방울의 얇은 막을 가득 팽창시켜서 금방이라도 막이 터져 스러질 것만 같았다. 그러나 그 대신, 물방울은 순간 다시금 은회색으로 돌아가고, 빛은 이제 한 이파리의 살결 위에 머무르며, 표피 아래 실처럼 뻗은 잎맥을 드러내 보이더니, 다시 자리를 옮겨 하트나 혓바닥 잎사귀들이 만들어낸 둥근 지붕 아래 드넓은 초록빛 공간들에 그 광채를 흩뿌렸다. 그다음 산들바람이 머리 위로 좀더 힘차게 공기를 휘저으며, 그 빛깔은 저 위 창공으로, 칠월의 큐 가든을 거니는 사람들의 눈동자 속으로 반짝이며 뛰어들었다.

화단을 지나 뿔뿔이 걸어가는 사람들의 모습은 그 묘하게 불규칙한 움직임이, 잔디밭을 가로지르며 화단에서 화단으로 지그재그 날아다니는 흰 나비, 파란 나비들과 별로 다를 바 없었다. 남자는 여자보다 한뼘 정도 앞서서 한가롭게 거닐고 있고, 여자는 아이들이 너무 뒤처지지 않나 이따금 고개를 돌려 살펴볼 뿐, 목적이 더 뚜렷한 듯 꾸준히 발걸음을 내디뎠다. 남자는, 아마도 의식하지는 못했지만, 일부러 여자와 거리를 두고 걸었으니, 하던 생각을 계속 이어나가고 싶었기 때문이다.

'십오년 전에 릴리하고 이곳에 왔었지.' 그는 생각을 떠올렸다. '둘이서 저기 호숫가 어디쯤 앉아 있었는데, 그 뜨겁던 날 오후 내내 난 릴리에게 결혼해달라고 졸라댔었어. 잠자리가 어찌나 우리 주위를 빙빙 돌던지. 그 잠자리 모습이나, 앞코에 네모난 은색 장식이 달려 있던 릴리의 구두가 지금도 눈에 선하네. 말을 하면서도 나는 내내 구두만 바라봤고, 그 구두의 초조한 움직임을 보고서, 고개를 들지 않고도 그 여자가 뭐라고 할지 알 수 있었지. 그 여자의 전부가 그 구두 속에 들어가 있는 것만 같았어. 그리고 내 사랑, 내 갈망은 잠자리 속에 들어 있고. 무슨 이유에선지 나는 잠자리가 저기, 저 풀, 한가운데 빨간 꽃이 솟아난 저 잎사귀가 넓은 풀 위에 내려앉는다면 릴리가 당장 "좋아요"라고 대답할 거라고 여겼지. 그렇지만 잠자리는 빙빙 맴돌기만 할 뿐, 아무 데도 내려앉지를 않았어. 그래, 물론 내려앉지 않았어, 다행히도. 그렇지 않았더라면 지금 여기서 엘리너와 아이들하고 같이 산책하는 일도 없었겠지.' "저기, 엘리너, 당신 지난날이 떠오를 때가 있소?"

"왜 그런 걸 물어봐요, 사이먼?"

"지난날 생각을 하고 있었거든요. 릴리라고, 결혼할 뻔했던 여자가 떠올라서…… 그런데, 어째 말이 없네요? 내가 과거 생각을 하는 게 마음에 걸리오?"

"마음에 걸릴 까닭이 있어, 사이먼? 남자 여자들이 나무 밑에 누워 있는 공원에 오면, 지난날 생각이 나는 법이잖아? 저 사람들이야말로 우리의 과거, 과거에서 남은 전부인 셈이니, 저 남녀, 나무밑에 누워 있는 저 과거의 유령들이…… 우리의 행복, 우리의 현실 아닌가요?"

"내 경우에 그것은 네모난 은색 구두장식과 잠자리인데……"

"내 경우는, 입맞춤이에요. 한번 상상해봐요. 이십년 전에 어린 여학생 여섯명이 호숫가에 내려가 제각기 이젤 앞에 앉아 수련을, 빨간 수련을 그리고 있는 모습을요. 빨간 수련은 난생처음 보는 거였어요. 그런데 갑자기 입맞춤이, 여기 목덜미에. 그리고 오후 내내 난 손이 너무 떨려서 그림을 그릴 수가 없었지요. 난 시계를 꺼내서 시간을 봤어요. 그 입맞춤 생각을 딱 오분만 하리라고 다짐하면서요. 너무 소중했으니까요, 코에 사마귀가 난 백발의 할머니가 해준 그 입맞춤이. 평생 내가 해본 모든 입맞춤의 어머니인 셈이죠. 어서 오너라, 캐럴라인, 어서, 휴버트."

그들은 이제 넷이 나란히 화단을 지나 발걸음을 계속했고, 곧 점점 나무들 사이로 작아지고, 들쑥날쑥 어른대는 조각들을 만들어내며 헤엄치는 햇살과 그늘을 등에 받아 마치 몸이 반투명체로 변하는 듯 보였다.

타원형 화단에서는, 한 이분 동안 빨강, 파랑, 노랑의 빛으로 물들어 있던 달팽이집 속에서 이제 달팽이가 아주 슬며시 움직이는 듯하더니, 이어서 푸슬푸슬한 흙덩이들을 어렵사리 기어 넘어가기 시작했는데, 달팽이가 지나가는 자국마다 흙이 부스러지며 굴러떨어졌다. 달팽이는 앞에 뭔가 확실한 목표가 있는 모양으로, 그 점에서 보면 발을 높이 쳐들며 걷는 묘하게 생긴 각진 초록색 곤충과는 달랐다. 그 곤충은 달팽이 앞을 가로지르려다가 숙고라도 하는 양 더듬이를 떨면서 잠시 가만히 있더니 이번에도 역시 빠르고 기묘한 걸음걸이로 반대쪽으로 달아나버렸다. 웅덩이가 팬 곳마다 깊은 초록빛 호수가 고여 있는 갈색 벼랑, 뿌리에서부터 꼭대기까지 물결치는 납작한 칼날 같은 나무, 둥그런 회색 돌덩어리, 성글고 잘 부스러지는 질감의 흙으로 덮인 거대하게 펼쳐진, 쭈글쭈글 구겨진 거대한 지표면—목표를 향해 한 식물 줄기에서 다른 줄기로 나아가는 달팽이의 진로에는 이 온갖 것이 가로놓여 있었다. 달팽이가 활 모양 텐트를 친 말라죽은 잎사귀를 우회할 것인가 아니면 거기서 바로 기어오를 것인가 마음을 채 정하기도 전에, 먼저 화단을 지나가는 또다른 인간들의 발이 등장했다.

이번에는 둘 다 남자였다. 그중 더 젊은 쪽은

억지로 지어낸 듯 평온한 표정을 하고 있었다. 동행이 말을 하는 동안 그는 눈을 들어 시선을 고정하고 꾸준히 앞을 응시하다가, 동행이 말을 마치면 즉시 다시 땅을 내려다보았는데, 침묵이 길게 이어진 다음에야 입을 열거나 아니면 아예 입을 열지 않거나 했다. 나이가 지긋한 남자는 걸음걸이가 고르지 않고 묘하게 비틀거리는데다, 손을 앞으로 불쑥 내밀거나 느닷없이 고개를 휙 젖히는 품이 집앞에서 기다리다 지쳐 조바심치는 마차 말의 거동과도 흡사했다. 다만, 이 남자의 동작에는 과단성도 의미도 없었다. 그는 거의 쉬지 않고 이야기를 이어나갔다. 그러다 혼자서 미소를 짓고는, 마치 그 미소가 답변이라도 되는 양, 다시 말을 시작했다. 그가 하고 있는 이야기는 영혼에 관한 것으로, 그에 따르면 죽은 자의 영혼들이 바로 지금도 자기에게 천국에서 겪은 온갖 기이한 이야기를 해주고 있다는 것이었다.

"고대인들은 천국을 테살리아로 알고 있었는데, 윌리엄, 지금은 이놈의 전쟁 때문에 영혼 물질이 언덕 사이에서 천둥처럼 울리고 있어."[1] 그는 말을 멈추고 잠시 귀를 기울이는 듯하더니, 미소를 짓고, 고개를 획 젖히고는 말을 계속했다.

"작은 전지와 전선 절연체로 사용할—절연이 맞나? 아니면 이절離絶인가?—아무튼 그런 고무 조각만 있으면 되는데, 자세한 것은 생략하자고. 알아듣지도 못할 자세한 이야기를 해봤자 무슨 소용이겠나…… 어쨌든 간단히 말해서 이 조그만 기계를 침대 머리맡 어디 편리한 위치에, 가령 아담한 마호가니 탁자 같은 것 위에다 설치하는 거야. 내가 일꾼들 시켜서 모든 것을 제대로 맞추어놓으면 미망인은 기계에 귀를 대고 약속된 신호로 영혼을 불러내면 되지. 여자들이 좋지! 특히 미망인이면! 검은 상복을 입은 여자들 말이야……"

[1] 테살리아는 올림포스산을 비롯해 여러 산으로 둘러싸인 비옥한 평원지대로, 선사시대부터 문명이 싹튼 그리스의 가장 오래된 지역이다. 여기서 '전쟁'은 제1차 세계대전을 가리키며, '영혼 물질'이란 심령술에서 영혼을 구성하는 필수 물질로 보는 것이다. 혹은 영혼도 물질도 아니면서 이 세계를 구성하는 가장 본질적인 요소라는 철학적 주장도 있다.

이때 그는 멀찌감치 한 여자의 옷이 눈에 들어온 모양인데, 그 옷은 그늘 밑에서 검정에 가까운 진보라색으로 보였다. 그는 모자를 벗어들고, 가슴에 손을 얹더니, 뭐라고 중얼거리며 요란하게 손짓을 하면서 여자 쪽으로 발길을 서둘렀다. 그렇지만 윌리엄이 노인의 소매를 붙잡고 다른 데로 관심을 돌리려고 지팡이 끝으로 꽃 한송이를 건드렸다. 잠깐 헷갈리는 듯 꽃을 바라보던 노인은 꽃에 귀를 갖다대더니, 마치 꽃에서 나는 목소리에 대답이라도 하듯이, 수백년 전에 유럽에서 가장 아름다운 젊은 여자와 함께 갔던 우루과이의 숲 이야기를 늘어놓기 시작했다. 얼굴에 인내와 극기의 표정이 서서히 짙어져가는 윌리엄이 서둘러 앞으로 이끄는 대로 따라가는 노인의 입에서는 밀랍처럼 부드러운 열대장미 꽃잎들로 뒤덮인 우루과이의 숲이니, 나이팅게일이니, 해변, 인어, 바다에 빠져죽은 여자들 등에 대해 중얼거리는 소리가 들려왔다.

노인의 거동을 보고 좀 이상하다고 여길 정도로 바로 뒤를 이어서 나이가 지긋한 중하층 여자

둘이 걸어왔는데, 한 사람은 뚱뚱하고 육중한 몸집이고, 다른 사람은 혈색 좋은 장밋빛 뺨에 동작이 날렵했다. 이 계층이 대개 그러하듯, 그들은 정신 이상의 기미를 보이는 모든 이상한 행동에 솔직한 관심을 드러냈는데, 대상이 부유층인 경우에는 특히 더했다. 그렇지만 노인의 거동이 단순히 좀 유별난 것인지 아니면 정말로 미친 것인지 확인하기에는 거리가 너무 멀었다. 그들은 잠시 말없이 노인의 뒷모습을 찬찬히 주시하더니 은밀히 야릇한 눈빛을 주고받고는, 복잡하기 짝이 없는 대화를 열심히 조각조각 이어나갔다.

"넬, 버트, 롯, 세스, 필, 아버지, 그 남자 말이, 내 말이, 그 여자 말이, 내 말이, 내 말이, 내 말이……"

"우리 버트, 아가씨, 빌, 할아버지, 노인네, 설탕, 설탕, 밀가루, 훈제 청어, 야채

설탕, 설탕, 설탕."[2]

---

2  올프의 자필 교정이 포함된 일자 미상의 타자 원고에는 여기에 다음과 같은 단락이 이어지는데, 출간과정에서 실수로 빠졌을

쏟아지는 낱말들이 그려내는 무늬 사이로, 몸집이 큰 여자는 서늘하고 단단하고 꼿꼿하게 흙 위에 서 있는 꽃들을 신기해하는 표정으로 바라보았다. 꽃을 바라보는 품이 마치 깊은 잠에서 막 깨어난 사람이 낯선 빛을 반사하는 청동 촛대를 보고 눈을 감았다가 다시 뜨고, 다시 청동 촛대를 보고, 마침내 잠이 확 깨기 시작하며 온 힘을 다해서 촛대를 응시하는 것과 흡사했다. 그리하여 몸집이 듬직한 여자는 타원형 화단 맞은편에서 문득 발길을 멈추고 상대방의 말을 듣는 시늉을 하던 것조차 그

가능성도 있다고 한다.

고요하고 뜨거운 대기 속에서 두 여자는 이 사람들과 이 물건들을 가지고 주위에 모자이크를 짜올리는데, 각자 이 무늬에 자기가 집어넣는 조각들을 단호히 고수하며 절대 거기서 눈을 떼지 않았으며, 자기 친구가 아주 급히 그 자리에 끼워넣는 다른 빛깔의 조각들에는 눈길도 주는 법이 없었다. 그렇지만 친척이 많아서든 아니면 말주변이 더 좋아서든 작은 여자가 이 경쟁에서 승리했고, 몸집이 큰 여자는 하는 수 없이 입을 다물고 있었다.
그녀는 말을 계속했다. 넬, 버트, 롯, 세스, 필, 아버지, 그 남자 말이, 내 말이, 그 여자 말이, 내 말이, 내 말이, 내 말이……

만두었다. 낱말들이 몸에 쏟아져내리도록 내버려
둔 채 그녀는 거기 서서, 상체를 천천히 앞뒤로 흔
들며 꽃을 바라보았다. 그러더니 어디 자리를 잡고
차나 한잔 하자고 제안했다.

달팽이는 이제 말라죽은 잎사귀를 돌거나 넘
어가지 않으면서 목표에 도달하는 모든 가능한 방
법을 다 떠올려본 참이었다. 이파리를 기어오르는
데 힘이 드는 것은 고사하고, 뿔 끝으로 건드리기
만 해도 그렇게 겁나게 버스럭거리며 떨어대는 얇
은 섬유질이 과연 자기의 무게를 견뎌낼 수 있을지
의심스러웠다. 그래서 결국 그 밑으로 지나가기로
마음먹었으니, 몸을 들이밀 수 있을 만큼 나뭇잎이
곡선을 그리며 들려올라간 지점이 있었던 것이다.
그가 벌어진 틈새에 머리를 막 집어넣고 높은 갈색
지붕을 가늠해보면서 서늘한 갈색빛에 적응해가는
참에, 바깥 잔디로 또다른 두명의 인간이 지나갔
다. 이번에는 둘 다 젊은이로, 젊은 남자와 젊은 여
자였다. 둘 다 한창 꽃다운 청춘이거나 혹은 완전
히 꽃피기 전의 시절, 분홍의 부드러운 접힌 꽃잎

이 고무질의 집을 터뜨리며 확 피어나기 직전의 시절이니, 나비라면 날개가 다 자라나기는 했지만 아직 햇살 속에 미동도 하지 않고 있는 그런 시절이었다.

"금요일이 아니어서 행운이야." 남자가 말을 꺼냈다.

"왜? 행운 같은 것 믿어?"

"금요일에는 6펜스를 내야 하거든."

"6펜스가 뭐 대단하다고? 이게 6펜스 가치도 안 돼?"

"'이게'라니, 도대체 '이게'가 무슨 뜻인데?"

"아, 뭐든 말이야, 내 말은…… 에이, 무슨 뜻인지 알면서."

각자의 말 사이마다 긴 침묵이 깔렸고, 목소리도 무미건조하고 단조로웠다. 두 사람은 화단가에 멈춰서서 함께 힘을 주어 여자의 양산 꼭지를 부드러운 흙에 깊숙이 박아넣었다. 이러한 행동이라든가 남자의 손이 여자 손 위에 포개져 있다는 점에서 둘의 감정이 교묘하게 드러났으며, 이 짤막하고 사소한 말들 역시 뭔가를 표현하기는 마찬가지였다. 낱말들에 달려 있는 날개는 의미의 무거운 몸체에 비해 너무 짧아서 낱말들을 멀리 싣고 날아가기에는 걸맞지 않았고, 따라서 그것들을 둘러싼 주변의 아주 흔한 사물 위에 어색하게 내려앉았는데, 이 사물들은 낱말들의 미숙한 접촉에는 너무나 육중했다. 그렇지만 (양산 꼭지를 흙 속에 박으면서 그들에게 든 생각이지만) 그런 낱말들에 어떤 낭떠러지가 숨겨져 있지 않은지, 반대편에는 빙벽이 햇살에 반짝거리고 있지 않은지, 아무도 모르는 일 아닌가? 누가 알겠는가? 이런 것을 누가 본 적이 있었을까? 심지어 여자가 큐 가든에서는 어떤 차를 파는지 모르겠다고 할 때도, 남자는 여자의 말 뒤에 뭔가가 숨어 있다고, 거대하고 단단하게 뒤에 버티고 있다고 느꼈다. 그리고 안개가 아주 천천히 걷히면서 —아니 세상에, 저 형체들은 도대체 뭐지? —하얗고 작은 탁자들, 그리고 처음에는 여자를, 그리고 이어서 남자를 쳐다보는 여종업원들이 눈앞에 나타났고, 그리고 계산서도 나오고 남자는 진짜배기 2실링짜리 주화로 지불할 것이었다. 그는 호주머니에 든 주화를 만지작거리며 이게 실제다, 모두 실제다, 하며 스스로 마음을 다잡아보았지만, 다른 모든 사람에게는 실제여도 자기와 여자에게는 아닌 것 같았다. 그러다 그에게도 실제라는 실감이 나기 시작했고, 그러고는…… 그렇지만 마음이 들떠서 더는 가만히 서서 생각할 수가 없었고, 그래서 그는 양산을 흙 속에서 확 잡아빼고는 다른 사람들과 함께, 다른 사람들처럼, 차를 마실 만한 장소를 찾으려 조바심쳤다.

"가자, 트리시. 이제 차를 마셔야지."

"차 마시는 데는 도대체 어디 있지?" 멍하니 주위를 둘러보며 묻는 여자의 목소리에는 지극히 묘한 전율 같은 흥분이 배어 있었고, 여자는 잔디밭 길을 따라 이끄는 대로 따라가는데, 양산이 바닥에 질질 끌리고, 고개는 이리저리 돌아가고, 차 생각도 잊어버리고, 이리로 내려갔으면 싶다가 다시 저리로 내려갔으면 좋겠다고 생각하며, 야생화들 사이로 보이던 난초니 학 들, 그리고 중국식 탑과 볏

이 선홍빛이던 새를 다시 떠올렸다. 그렇지만 그는 그녀를 꾸준히 앞으로 이끌었다.

이렇게 한쌍 한쌍 연이어서 거의 똑같이 불규칙하고 정처없는 걸음걸이로 화단을 지나가고, 푸르스름한 겹겹의 수증기 속에 파묻혔는데, 수증기 속에서 그들의 몸은, 처음에는 부피감과 소량의 색채감을 지녔지만, 나중에는 부피도 색채도 푸르스름한 대기 속으로 녹아들었다. 날씨가 얼마나 더운지! 너무 더워서, 꽃그늘 속의 개똥지빠귀마저 태엽을 감아놓은 장난감 새처럼 한참씩 사이를 두어가며 폴짝거렸다. 흰나비들은 막연하게 여기저기 날아다니는 대신 서로의 몸 위로 춤추며 날아오르면서, 팔랑이는 하얀 날개들로 가장 키가 큰 꽃들 위로 산산이 부서진 대리석 기둥의 형상을 빚어냈다. 야자나무 온실의 유리 지붕이 반짝이는 모습은, 마치 빛나는 초록색 우산이 즐비한 장터가 햇살 속에 활짝 펼쳐진 듯했다. 그리고 웅웅대는 비행기 소음 속에서 여름 하늘은 그 격렬한 혼을 나지막한 소리로 토해냈다. 노랗고 까맣고 분홍빛에

다 눈처럼 희기도 한, 이 온갖 빛깔의 형체들, 남자, 여자, 아이 들이 지평선 위에 잠시 점점이 찍혔다가, 잔디 위로 넓게 펼쳐진 황금빛을 보고는 잠시 너울거리다 나무 그늘을 찾아들어, 노랑과 초록이 감도는 대기 속에 물방울처럼 녹아들면서 대기를 살짝 빨강과 파랑으로 물들였다. 마치 모든 거칠고 육중한 몸체들은 열기 속에 가라앉아 꼼짝하지 않고 바닥에 웅크린 듯한데, 그러나 양초의 굵직한 밀랍 몸체에서 휘늘어지는 불꽃처럼 그 몸체들로부터 목소리들이 떨리며 흘러나왔다. 목소리, 그렇다, 목소리, 말없는 목소리들이 지극히 깊은 만족감으로, 지극한 열망으로, 혹은, 아이들의 목소리에서는, 그토록 신선한 놀라움이 갑자기 정적을 깨뜨리는데, 하나, 정적을 깨다니? 정적 같은 것은 없었다. 내내 승합차가 바퀴를 굴리고 기어를 바꾸어 댔다. 하나같이 단철鍛鐵로 만들어진 상자들이 끝없이 겹겹이 나타나며 돌아가는 거대한 중국식 갑[3]

---

3   크기대로 포개넣게 만든 그릇이나 상자.

처럼 도시는 낮게 웅얼거렸다. 그 맨꼭대기로 목소리들이 크게 울려퍼지고 무수한 꽃잎들이 대기 속으로 제각기 색깔의 빛을 쏘아올렸다.

버지니아 울프  Virginia Woolf

유품  The Legacy

"시시 밀러에게." 길버트 클랜던은 아내가 쓰던 작은 거실 탁자 위에 흐트러져 있는 반지니 브로치들 가운데서 진주 브로치를 집어들고 거기 새겨진 글귀를 읽었다. "시시 밀러에게, 사랑을 담아."

　비서인 시시 밀러까지 잊지 않고 기억한 점은 앤절라다웠다. 그렇지만 길버트 클랜던은, 친한 사람들한테 일일이 작은 선물을 남기는 등 모든 것을 말끔히 정리해놓고 떠나다니 참 이상하다는 생각이 다시금 들었다. 마치 죽음을 예견하기라도 한 듯 말이다. 그렇지만 피커딜리'에서 차도로 내려서다가 차에 치여 세상을 떠난 육주 전 그날 아침 집

---

Ｉ　런던의 웨스트민스터에 위치한 번화한 중심도로.

에서 나갈 때만 해도 앤절라의 건강에는 아무 문제도 없었다.

그는 시시 밀러를 기다리는 중이었다. 자신들과 그렇게 오랜 세월을 같이한 사람이니만큼 이만한 배려의 표시는 보여주어야 마땅하다고 생각되어, 오라고 부른 것이다. 앉아서 그녀를 기다리면서, 그는 앤절라가 모든 것을 그렇게 말끔히 정리해두다니 정말이지 이상하다는 생각을 계속했다. 친한 사람 모두에게 작은 애정의 표시를 남겨놓았다. 반지마다, 목걸이마다, 그리고 조그만 중국식 상자마다─그녀는 작은 상자라면 사족을 못 썼다─받을 사람의 이름이 붙어 있었다. 그리고 그 하나하나가 그에게는 추억이 깃든 물건들이었다. 이것은 그가 선물한 것이고, 루비 눈이 박힌 이 에나멜 돌고래는 앤절라가 어느날 베네치아 뒷골목에서 얼른 낚아챈 것이었다. 그때 기쁨에 겨워 내지르던 나지막한 탄성이 그는 아직도 생생했다. 물론 그에게는 특별히 무슨 물건을 남겨놓지는 않았다. 그녀의 일기장이 선물이라면 모를까. 그의 등

뒤로, 그녀가 글 쓸 때 사용하던 탁자 위에 초록색 가죽으로 장정한 열다섯권의 작은 일기장이 쌓여 있었다. 결혼한 뒤로 내내 그녀는 일기를 썼다. 그로서는 말다툼이라고 부르기도 뭣하고 가벼운 승강이라고나 할, 아주 드물었던 그 일들도 일부는 저 일기장 때문이었다. 일기를 쓰고 있을 때 그가 방으로 들어오면, 그녀는 언제나 일기장을 덮거나 손으로 가리곤 했다. "아니, 아니, 안돼요." 이렇게 말하던 그녀의 목소리가 생생했다. "내가 죽은 다음이면 혹시 몰라도." 그러니 일기장을 유품으로 남겨놓은 셈이 되었다. 그녀 생전에 그들이 함께 나누지 않은 것이라곤 일기장뿐이었다. 그렇지만 그는 언제나 그녀가 당연히 자기보다 더 오래 살 것이라고 생각했었다. 한순간만 발을 멈추고 자신이 하려는 행동을 돌이켜보았더라도, 그녀는 지금 살아 있을 것이었다. 그렇지만 그녀는 인도에서 곧장 차도로 내려섰다고, 그 차를 몰던 사람은 검시 심리에서 말했다. 그래서 차를 멈출 시간이 없었다고…… 이 대목에서 현관에서 사람들 목소리가 들려와 그는 생각을 멈추었다.

"밀러 양입니다." 하녀가 말했다.

그녀가 들어왔다. 이제껏 그는 그녀만 따로 본
적이 없었고, 눈물을 흘리는 모습을 본 적도 물론
없었다. 그녀는 대단히 비통한 모습이었는데, 이상
한 일도 아니었다. 앤절라는 그녀에게 단순한 고용
주를 훨씬 넘어서는 존재였다. 다정한 벗이었던 것
이다. 의자를 밀어주며 앉으라고 권하면서 그는 자
기가 보기에는 이런 부류의 여느 여자들과 아무 다
를 바 없는 여자인데, 하는 생각을 했다. 시시 밀러
같은 여자는 어디나 널려 있다. 검은 옷에 서류가
방을 든 우중충하고 조그만 여자들. 그렇지만 앤절
라는 그 빼어난 연민의 재능을 발휘하여 시시 밀러
한테서 온갖 자질을 찾아냈다. 분별력이 뛰어나며,
대단히 입이 무겁다, 정말 믿을 만한 사람이어서
뭐든지 털어놓고 말해도 된다 등.

처음에 밀러 양은 아무 말도 하지 못했다. 그냥
자리에 앉은 채 손수건으로 눈가를 훔쳐낼 뿐이었
다. 그러다가 간신히 입을 열었다.

"죄송합니다, 클랜던 씨."

그는 대답을 웅얼거렸다. 물론 이해한다. 너무나 당연하다. 내 아내가 당신한테 어떤 존재였는지 충분히 짐작한다.

"이곳에서 일하면서 정말 행복했는데요." 그녀는 이렇게 말하며 사방을 둘러보았다. 그녀의 눈길이 그의 뒤편, 필기용 탁자에 머물렀다. 그들은 바로 이 방에서 작업을 했던 것이다. 그녀와 앤절라 둘이서. 앤절라에게는 유명 정치인의 아내로서 감당해야 할 이런저런 의무가 있었다. 그의 정치인 생활에 가장 큰 도움을 준 존재도 바로 앤절라였다. 그는 아내와 시시가 저 탁자에 앉아 있는 모습, 시시가 타자기 앞에 앉아서 아내가 불러주는 편지를 받아 치는 모습을 자주 보았다. 밀러 양도 물론 그 생각을 떠올리고 있을 것이었다. 이제 아내가 그녀에게 남긴 브로치를 건네주기만 하면 되었다. 브로치는 좀 어울리지 않는 선물 같았다. 얼마간의 돈이나 아니면 차라리 타자기를 주는 편이 더 나았을 것이다. 그렇지만 이미 "시시 밀러에게, 사랑을 담아"라고 새긴 브로치가 저기 엄연히 놓여 있었다. 그래서 그는 브로치를 집어들고, 미리 생각해둔 짤막한 인사말과 함께 건넸다. 이것을 귀하게 여겨줄 거라고 생각한다, 아내가 자주 달던 것이니…… 하고 그는 말했다. 그리고 그녀는 브로치를 받으며, 마치 그편에서도 인사말을 생각해놓은 거나 진배없어 보이는 말투로 대답했다. 언제나 소중하게 간직하겠다고…… 그녀에게도 진주 브로치가 아주 어색하지는 않을 다른 옷이 아마 있겠지, 하고 그는 생각했다. 그녀는 비서직의 제복처럼 보이는 꼭 끼는 검정 외투와 치마 차림이었다. 그러다 그는 기억이 났다. 그래, 물론 상복을 입은 것이었다. 그녀 역시 비극적인 일을 당했는데, 그녀가 헌신적으로 따르던 오라비가 앤절라보다 바로 한두주 전에 사망한 것이다. 무슨 사고라고 했던 것 같은데? 기억나는 것은 자기한테 그 이야기를 하던 앤절라의 모습뿐이었다. 연민에 뛰어난 재능을 지닌 사람답게 앤절라는 굉장히 심란해했다. 그사이 시시 밀러는 이미 자리에서 일어나 장갑을 끼고 있었다. 폐가 될까봐 조심하는 게 분명했다. 그렇지만 그녀의 앞날에 대해서 뭔가 한마디 하지 않고 보낼 수는 없었다. 앞으로 어떻게 할 생각인가? 뭐 내가 도와줄 일은 없겠는가?

그녀는 자기가 앉아서 타자를 치던, 일기장이 놓여 있는 그 탁자를 응시하고 있었다. 그리고 앤절라에 대한 추억에 사로잡힌 나머지 도와주겠다는 제안에 즉각 답을 하지 않았다. 잠깐이지만 무슨 말인지 알아듣지도 못한 듯했다. 그래서 그는 다시 말했다.

"앞으로 어떻게 할 생각이오, 밀러 양?"

"앞으로요? 아, 괜찮습니다, 클랜던 씨." 그녀는 외치듯 말했다. "저 때문에 신경쓰지 마세요."

그는 이 말을 경제적 도움이 필요없다는 뜻으로 받아들였다. 그런 제안은 역시 편지로 하는 것이 낫겠구나, 하고 그는 깨달았다. 지금 할 수 있는 일은 그녀의 손을 힘주어 잡으며 이렇게 말하는 것뿐이었다. "잊지 마시오, 밀러 양, 무슨 일이든 내가 필요하다면 기꺼이 도와줄 테니……" 그리고 그는 문을 열었다. 갑자기 무슨 생각이 떠오르기라도 한 것처럼, 문지방에서 그녀는 잠깐 멈춰섰다.

"클랜던 씨," 하며 그녀는 처음으로 그를 똑바로 바라보았고, 처음으로 그는 그녀의 눈에 어린 동정하면서도 탐색하는 듯한 표정에 놀랐다. "언제라도" 하고 그녀는 말하고 있었다. "제가 도와드릴 일이 있다면, 사모님을 생각해서라도 기꺼이 도와드리겠다는 것을 기억해주세요……"

이렇게 말하고 그녀는 방을 나갔다. 그 말의 내용이나 말할 때의 표정은 뜻밖이었다. 그가 자신을 필요로 할 거라고 믿거나 바라는 것만 같았다. 의자로 돌아가면서 그는, 아마도 터무니없겠지만, 묘한 생각이 들었다. 자기편에서는 제대로 눈여겨본 적도 없지만, 혹시라도 그 오랜 세월 동안 소설가들이 말하듯 자기한테 연정을 품어온 것인가? 지나가면서 거울에 비친 자신의 모습이 눈에 들어왔다. 이미 오십줄로 접어들었지만, 거울 속의 모습대로, 아직은 대단히 출중한 용모의 남성이라는 점을 스스로 인정하지 않을 수 없었다.

"불쌍한 시시 밀러!" 그는 반쯤 웃으며 중얼거렸다. 이 우스갯거리를 아내와 함께 나눌 수 있었다면 얼마나 좋을까! 그는 본능적으로 그녀의 일기장으로 눈을 돌렸다. 그리고 아무렇게나 한 대목을 펼치고 읽어보았다. "길버트는 정말 멋있어 보였고……" 마치 그의 물음에 대답을 해주는 듯했다. 물론 당신은 여자들한테 아주 매력적이에요,라고 말하는 것 같았다. 물론 시시 밀러도 그것을 느꼈겠지요. 그는 계속 읽어나갔다. "그의 아내라는 사실이 얼마나 자랑스러운지!" 그리고 그 역시 앤절라의 남편이라는 사실이 언제나 자랑스러웠다. 어디 가서 외식을 하다가, 맞은편에 앉은 앤절라를 바라보며 거기 온 여자들 가운데 가장 아름다운 여자가 내 아내다 하고 생각한 적이 얼마나 잦았던가. 그는 계속 읽어나갔다. 처음으로 하원의원 선거에 출마했던 그해 그들은 지역구를 순방했다. "길버트가 자리에 앉자 엄청난 박수갈채가 터져나왔다. 온 청중이 자리에서 일어나 노래를 불렀다. '그는 정말 멋진 친구.' 나는 그만 감격했다." 그

유품

도 그 일이 기억났다. 그녀가 연단 위 그의 곁에 앉아 있었다. 그를 바라보던 눈빛이며, 그 눈에 눈물이 얼마나 글썽했는지 아직도 눈에 선했다. 그다음에는? 그는 몇 장을 넘겨보았다. 그들은 베네치아로 갔다. 선거가 끝나고 누렸던 그 행복한 휴가를 그는 기억했다. "우리는 플로리안에서 아이스크림을 먹었다." 그는 미소를 지었다. 그녀는 여전히 아주 어린애 같아서, 아이스크림을 정말 좋아했다. "길버트는 베네치아의 역사를 아주 재미있게 설명해주었다. 그의 말로는 옛날 베네치아 통령인 도제[2]들이……" 그녀는 이 모든 것을 여학생 같은 필체로 적어놓았다. 앤절라와 함께 여행하는 즐거움 가운데 하나가 바로 매우 열심히 배우려 든다는 점에 있었다. 그녀는, 실은 그게 그녀의 매력 중 하나라는 것을 모르는 양, 자기는 너무나 아는 게 없다고 말하곤 했다. 그리고—그는 그다음 권을 펼쳤다—그들은 런던으로 돌아왔다. "나는 정말이지

---

2  Doge. 697년경부터 베네치아공화국이 몰락한 1797년까지 천여 년간 베네치아를 통치한 최고지도자를 가리키는 명칭.

좋은 인상을 주고 싶었다. 그래서 혼례복을 꺼내 입었다." 이제 늙은 에드워드 경 옆자리에 앉아서, 그의 상사인 그 막강한 노인네의 마음을 사로잡던 그녀의 모습이 떠올랐다. 그는 그녀의 단편적인 기록에다 기억나는 장면장면들을 채워넣으면서, 빠른 속도로 읽어나갔다. "하원에서 저녁식사…… 러브그로브 댁에서 열린 이브닝 파티 참석. 레이디 L 이 내게 길버트의 아내로서 책임을 실감하느냐고 물었다." 그러고는 해가 지나면서—그는 필기용 탁자에서 또 한권의 일기장을 집어들었다—그는 점점 더 일에 몰두하게 되었다. 그리고 그녀는 물론 혼자 있는 시간이 늘어났다. 둘 사이에 아이가 없다는 점이 그녀에게는 큰 슬픔이었던 모양이었다. 한번은 "길버트에게 아들이 있다면 얼마나 좋을까!"라고 적어놓았다. 이상하게도 그 자신은 자식이 없어서 아쉬운 마음이 별로 없었다. 지금 이대로도 인생은 너무나 충만하고 너무나 풍요했다. 그해 그는 행정부의 작은 직책을 맡게 되었다. 작은 직책일 뿐이었지만, 그녀는 이렇게 써놓았다.

"이제 나는 그가 수상이 될 것이라고 확신한다!" 글쎄, 일이 달리 풀렸더라면 그렇게 될 수도 있었다. 그는 여기서 잠시 읽기를 멈추고 이루어지지 않은 가능성들을 떠올렸다. 정치는 도박이다, 하고 그는 생각했다. 그렇지만 게임은 아직 끝나지 않았다. 나이 오십에 끝났다고 할 수는 없다. 그는 그녀의 인생을 채우던 작고 사소한 일들, 나날의 사소하고 무의미하고 행복한 일들로 가득한 몇페이지를 빠르게 훑어내려갔다.

그는 일기장 한권을 더 집어들고 되는대로 펼쳐보았다. "나는 얼마나 겁쟁이인가! 또다시 기회를 놓치고 말았다. 그렇지만 그렇지 않아도 생각할 게 많은 사람을 내 일로 성가시게 만드는 것은 이기적인 짓 같았다. 그리고 저녁시간을 단둘이 보내는 경우도 거의 없다." 이게 무슨 이야기일까? 아, 여기 설명이 있다. 그녀가 이스트엔드[3]에서 하던 일 이야기였다. "드디어 용기를 내서 길버트에게

---

3  런던 북동부 지역으로 산업혁명 이후 노동자들이 사는 빈민가가 되어왔다.

말했다. 그는 정말 착하고 너그럽게 받아들였다. 아무런 반대도 하지 않았다." 그는 그 대화가 기억났다. 그녀는 자기가 너무 게으르고 너무 쓸모없는 존재처럼 느껴진다고 말했다. 뭔가 자신의 일을 갖고 싶다고 했다. 뭔가 했으면 한다고 ─ 바로 저 의자에 앉아 그 말을 하면서 그렇게 곱게 얼굴을 붉히던 모습이 떠올랐다 ─ 다른 사람들한테 도움이 될 수 있다면 좋겠다고 했다. 그는 좀 놀려댔었다. 그의 뒷바라지를 하고 집안살림을 돌보는 것만으로도 일은 충분하지 않은가? 그렇지만 소일거리가 필요하다면 물론 반대는 하지 않겠다. 그런데 어떤 일인가? 무슨 지역구 일인가? 무슨 위원회? 다만 무리해서 앓아눕거나 하는 일은 없을 거라고 약속해주어야겠다. 그리하여 수요일마다 그녀는 화이트채플⁴에 간 모양이었다. 그럴 때 그녀가 입던 옷을 자기가 얼마나 보기 싫어했는지 기억이 났다. 그렇지만 그녀는 그 일을 매우 심각하게 여긴 모양

---

**4** 이스트엔드의 한 구역으로 19~20세기 초 런던의 인구과밀과 빈곤을 대표하던 곳.

이었다. 일기장에는 이런 내용들이 가득했다. "존스 부인을 만났다…… 자식이 열이나 된다…… 남편은 사고로 한쪽 팔을 잃었다…… 나는 릴리에게 일자리를 구해주려고 최선을 다했다." 그는 건너뛰었다. 그의 이름이 등장하는 빈도가 줄어들었다. 그의 관심도 시들해졌다. 어떤 기록들은 그로서는 요령부득이었다. 가령, "BM과 사회주의에 관해 열띤 논쟁을 했다." BM이라니? 누구의 이니셜인지 짐작이 가지 않았다. 무슨 위원회에서 만난 여자인가 보다고 그는 생각했다. "BM은 상류층을 격렬히 비난했다…… 모임이 끝난 후 나는 BM과 함께 걸어서 돌아오며 그를 설득해보려고 했다. 그렇지만 그는 생각이 매우 편협하다." 그러니까 BM은 남자구나. 틀림없이 '지식인'으로 자칭하는, 앤절라 말대로 매우 격한 성격에 매우 편협한, 그런 위인 중하나일 것이었다. 그녀는 그를 집으로 초대했던 모양이었다. "BM이 저녁식사 모임에 왔다. 그는 미니와 악수를 했다!" 감탄이 배어 있는 그 문장에 그의 상상 속 BM의 모습이 다시 달라졌다. BM은 식사 시중을 드는 하녀를 본 적이 별로 없는 모양이었다. 미니와 악수를 했다니 말이다. 숙녀의 응접실에서 잘났다고 떠들어대는 그런 양순한 노동자인가보았다. 그런 부류라면 길버트도 잘 알고 있고, 그 표본인 BM이, 누구든 간에 도무지 탐탁지 않았다. 그자 이야기가 여기 다시 나오는구나. "BM과 런던탑에 갔다…… 그는 반드시 혁명이 일어날 거라고 말했다…… 그는 우리가 바보의 천국에 살고 있다고 말했다." 그야말로 BM 같은 작자가 할 만한 이야기로, 길버트는 그의 말이 귓전에 맴돌았다. 그의 모습 또한 매우 분명하게 떠올릴 수 있었다. 텁수룩한 수염에 붉은색 타이를 매고 이런 치들이 늘 그렇듯 트위드 양복을 입고 다니는, 땅딸막하고 왜소한 체구에 정직한 노동은 평생 하루도 해본 적이 없는 위인. 그는 계속 읽었다. "BM은 ……에 대해서 매우 불쾌한 이야기를 좀 했다." 누구 이야기인지 이름이 주의깊게 지워져 있었다. "……에 대한 비난이라면 더는 듣지 않겠다고 나는 그에게 말했다." 이번에도 이름이 삭제되어 있었다. 혹시 내 이름은 아니었을까? 그래서 내가 들어오면 일기장을 그렇게 얼른 덮어버렸던 걸까? 그런 생각이 들자 BM이 더더욱 싫어졌다. 뻔뻔스럽게도 바로 이 방에서 나를 놓고 왈가왈부했단 말이지. 앤절라는 왜 나한테 한마디도 하지 않았을까? 무엇이든 숨긴다는 것은 정말 그녀답지 않은 일이었다. 앤절라는 솔직 그 자체였는데. 그는 일기장을 넘기며 BM이 나오는 대목을 빼놓지 않고 읽어나갔다. "BM은 나에게 어린시절 이야기를 해주었다. 그의 어머니는 청소부로 이집 저집 날품을 팔았다…… 그 생각을 하면, 이렇게 사치스러운 생활을 계속한다는 것이 참 견디기 힘들다…… 모자 하나에 3기니라니!" 이해가 안되는 너무나 어려운 문제들을 붙들고 씨름하느라 그 조그맣고 불쌍한 머리를 괴롭히지 말고, 나한테 털어놓고 의논만 했더라도! 그는 그녀에게 책을 빌려주었다. 카를 마르크스, 『혁명의 도래』[5]. BM, BM, BM이라는 이니셜

5  당대의 유명한 사회주의자 헨리 메이어스 하인드먼(1842~1921)
   이 쓴 32면짜리 소책자.

이 계속 등장했다. 그렇지만 왜 그냥 이름은 한번도 나오지 않을까? 이니셜을 사용한다는 것은 허물없는 친근한 사이를 나타내는데, 도무지 앤절라답지 않은 짓이었다. 이자 앞에서도 BM이라고 불렀을까? 그는 읽기를 계속했다. "저녁식사를 마친 시간에 BM이 불쑥 찾아왔다. 다행히 나 혼자 있을 때였다." 일년 전 일기였다. "다행히"— 왜 '다행'이라는 것일까? — "나 혼자 있을 때였다." 그날 밤 나는 어디에 갔었더라? 그는 일정관리 수첩에서 그 날짜를 찾아보았다. 런던시장 관저에서 만찬이 있던 날 밤이었다. 그렇다면 BM과 앤절라는 그날 저녁을 단둘이 보냈던 것이다! 그는 그날 저녁의 일을 떠올려보려고 애썼다. 집에 돌아와보니 아내가 자지 않고 기다리고 있었던가? 이 방이 여느때와 똑같은 모습이었던가? 아무것도 생각나지 않았다. 시장 관저 만찬에서 자기가 했던 연설 말고는 전혀 아무것도 생각이 나지 않았다. 그는 뭐가 어찌된 영문인지 점점 더 알 수 없어졌다. 아내가 모르는 남자를 혼자서 맞아들였다는 상황 전체가 그랬다. 어쩌면 다음 권을 보면 설명이 나올지도 모른다. 급히 그는 마지막 일기장—그녀가 다 채우지 못한 채 세상을 떠난 그 일기장—을 집어들었다. 바로 첫 페이지부터 그 빌어먹을 작자가 다시 등장했다. "BM과 단둘이 저녁을 먹었다…… 그는 매우 초조해했다. 그는 이제 우리가 서로를 이해할 때가 되었다고 했다…… 나는 그를 설득해보려고 했다. 그러나 그는 들으려 하지 않았다. 그는 위협을 했다. 만일 내가 끝내……" 그 페이지의 나머지 부분은 다 지워져 있었다. 그녀는 그 페이지에 온통 "이집트. 이집트. 이집트"라고 적어놓았다. 그는 한마디도 이해가 되지 않았다. 그렇지만 가능한 해석은 하나뿐이었다. 이 불한당 같은 놈이 그녀에게 애인이 되어달라고 한 것이었다. 그놈의 방에서 단둘이서! 길버트 클랜던의 얼굴에 피가 확 몰렸다. 그는 급히 일기장을 넘겼다. 뭐라고 답했을까? 이제 이니셜은 나오지 않았다. 이제는 그저 '그'라고 적고 있었다. "그가 다시 찾아왔다. 나는 그에게 아무 결론도 내릴 수 없다고 말했다…… 나한테서 떠나달

라고 간청했다." 바로 이 집으로 마구 쳐들어왔었
단 말이지? 그렇지만 왜 나한테 아무 말도 하지 않
았을까? 한순간이라도 어떻게 망설일 수가 있단
말인가? 그다음에는 "나는 그에게 편지를 썼다." 그
러곤 몇페이지가 비어 있었다. 그런 다음 "내가 보
낸 편지에 답장이 없다." 그러고는 또 텅 빈 몇페이
지. 그다음에 "그는 그가 위협하던 대로 했다." 그
다음에는 ─ 그다음에는 뭐라고 적혀 있지? 그는
책장을 연달아 넘겼다. 모두 비어 있었다. 그러나
거기, 죽기 바로 하루 전, 이렇게 적혀 있었다. "나
도 그렇게 할 용기가 있을까?" 그러고는 끝이었다.

　일기장이 길버트 클랜던의 손에서 미끄러져 바
닥에 떨어졌다. 그의 앞에 그녀의 모습이 떠올랐
다. 그녀는 피커딜리 광장 인도 위에 서 있다. 눈은
뭔가를 응시하고 주먹은 꼭 쥐고 있다. 여기 자동
차가 다가온다⋯⋯

　그는 참을 수가 없었다. 진실을 알아야만 했다.
그는 성큼성큼 전화기로 다가갔다.

　"밀러 양!" 침묵이 흘렀다. 그러다 방 안에서 누

군가 움직이는 기척이 들려왔다.

"시시 밀러입니다." 마침내 전화를 받는 그녀의 목소리가 들려왔다.

그는 벽력같이 고함을 쳤다. "도대체 BM이 누구요?"

그녀의 벽난로 위에서 째깍거리는 싸구려 시곗 소리가 들려오고, 이어서 길게 한숨을 내쉬는 소리가 들렸다. 그리고 마침내 그녀가 말했다.

"제 오라버니입니다."

그 오라비가 맞구나. 자살했다는 그 오라비.

"저한테 묻고 싶으신 게 있나요?" 하고 묻는 시시 밀러의 말소리가 들려왔다.

"없소!" 그는 소리쳤다. "없어요!"

그도 자기에게 남겨진 유품을 받은 셈이었다. 그녀는 그에게 진실을 말해주었다. 그녀는 애인과 다시 결합하기 위해 인도에서 내려섰던 것이다. 남편인 그로부터 벗어나기 위해 인도에서 내려섰던 것이다.

캐서린 맨스필드  Katherine Mansfield

가든파티  The Garden Party

그리고 어쨌든 날씨는 이상적이었다. 설령 그들이 미리 주문을 했더라도 이보다 더 완벽하게 가든파티에 어울리는 날을 누리지는 못했을 것이다. 바람도 없이 따뜻하고 하늘에는 구름 한점 없었다. 초여름에 가끔 그러듯, 연한 금빛 안개가 푸른 하늘에 아스라이 깔려 있을 뿐이었다. 정원사가 새벽같이 일어나 잔디를 하도 깎고 쓸고 해서, 원래 데이지 꽃들이 심겨 있던 자리에 납작하게 돋아난 진한 방사형 풀들이나 잔디 이파리들이 반짝거리는 듯했다. 장미로 말하자면, 가든파티에서 사람들을 끌어당길 수 있고 누구나 확실히 알고 있는 꽃은 오로지 장미뿐이라는 사실을 스스로도 알고 있다는 느낌을 금할 수 없었다. 수백송이, 그렇다, 말 그

대로 수백송이가 하룻밤 사이에 피어난 것이다. 초
록의 관목들은 마치 대천사들을 맞이하기라도 하
듯 고개를 조아렸다.

아침식사를 채 마치기도 전에 일꾼들이 천막을
치러 왔다.

"엄마, 천막은 어디다 칠까요?"

"얘야, 나한테 물어봐도 소용없다. 올해는 모든
것을 너희들한테 일임할 작정이야. 내가 너희들 엄
마라는 사실은 잊어버리고, 그냥 한명의 귀빈으로
대해다오."

그렇지만 멕은 일꾼들을 감독하러 나갈 수 없
는 형편이었다. 아침을 먹기 전에 머리를 감았기
때문에 초록색 터번을 두른 채 앉아서 커피를 마시
는데 젖은 갈색 곱슬머리가 양쪽 뺨에 흘러내려 달
라붙어 있었다. 나비 같은 조시는 늘 실크 속치마
에 기모노풍의 웃옷 차림으로 내려오곤 했다.

"네가 가봐야겠네, 로라. 예술가 타입은 너잖
아."

로라는 버터 바른 빵조각을 든 채 날아갈듯 밖

으로 달려나갔다. 바깥에서 먹을 구실이 생겼으니 얼마나 즐거운가. 게다가 그녀는 조직하는 일을 좋아했다. 그런 일에는 자기야말로 누구보다 나은 적임자라고 늘 생각해왔다.

셔츠 바람의 일꾼 네 사람이 정원에 난 길에 모여서 있었다. 마대천이 둘둘 감긴 장대를 들고, 등에는 큰 연장가방을 걸쳐메고 있었다. 인상적인 모습들이었다. 이제 로라는 빵조각을 들고 나오지 말걸 그랬다 싶어졌지만, 내려놓을 데도 없고 그렇다고 그냥 버릴 수도 없는 노릇이었다. 그들에게 다가가면서 그녀는 얼굴을 붉히면서, 엄격하고 심지어 약간 근시처럼 보이려고 애썼다.

"안녕하세요." 그녀는 어머니 목소리를 흉내내며 말했다. 그렇지만 끔찍하게도 꾸민 것처럼 들려서, 창피해진 나머지 조그만 계집아이처럼 말을 더듬었다. "아, 저, 용건이…… 천막 때문에 오신 거죠?"

"그렇습니다, 아가씨." 가장 키가 큰 일꾼이 말했다. 주근깨가 난 얼굴에 체격이 홀쭉한 그 일꾼은 연장가방을 고쳐메고, 밀짚모자를 뒤로 젖히더니, 미소를 지으며 그녀를 내려다보았다. "그것 때문이지요."

그의 미소가 너무나 느긋하고 친근해서 로라는 기운이 났다. 얼마나 멋진 눈인가. 작지만 저 암청색 빛깔이라니! 그리고 이제 그녀는 다른 사람들도 쳐다보았는데, 그들 역시 미소를 짓고 있었다. 그들의 미소는 "기운내요, 잡아먹지는 않을 테니까"라고 말하는 듯했다. 얼마나 멋진 사람들인지! 거기다 얼마나 아름다운 아침인지! 그렇지만 아침 운운해서는 안된다. 사무적으로 나가야 한다. 천막 이야기를 해야지.

"저, 백합 잔디밭은 어떨까요? 저기면 괜찮을까요?"

그러면서 그녀는 빵을 들지 않은 손으로 백합이 심긴 잔디밭을 가리켰다. 그들은 몸을 돌려 그쪽을 바라보았다. 작고 뚱뚱한 남자가 아랫입술을 내밀고, 키 큰 남자는 얼굴을 찡그렸다.

"별로인데요." 그는 말했다. "눈에 잘 띄지가 않

아서. 저기, 천막 같은 것은요," 그러면서 그는 그느긋한 태도로 로라 쪽으로 몸을 돌렸다. "눈을 팍때리는 그런 데다 쳐야 하거든요. 무슨 뜻인지 아시려나."

가정교육 때문에 로라는 일꾼이 자기한테 '눈을 팍 때린다'는 표현을 써도 예의에 맞는지 아닌지 잠시 생각하게 되었다. 그렇지만 무슨 뜻인지는충분히 알 수 있었다.

"테니스장 한쪽 모퉁이는 어떨까요." 그녀는 제안을 했다. "그렇지만 다른 쪽에는 악단이 자리잡을 거예요."

"음, 악단도 오나요?" 다른 일꾼 하나가 말했다.얼굴이 창백했다. 갈색 눈으로 테니스장을 살펴보는 표정이 매서웠다. 무슨 생각을 하는 걸까?

"아주 조그만 악단일 뿐이에요." 로라는 부드럽게 말했다. 조그만 악단이라면 그렇게 싫어하지는않을지도 모르겠다. 그렇지만 키 큰 일꾼이 끼어들었다.

"보세요, 아가씨, 저기가 좋네요. 저 나무들 앞

에다 치면 되겠네요. 저쪽요. 저기가 딱 맞겠는데
요."

카라카 나무들[1] 앞에다 친다고. 그러면 카라카
나무들이 안 보이게 될 것이다. 반짝이는 넓은 잎
사귀니 노란 열매 송이들이니, 저렇게 아름다운데.
사람이 살지 않는 섬에서 홀로 오연하게 자라나 일
종의 빛나는 침묵 속에 태양을 향해 이파리와 열매
를 치켜드는 상상 속의 나무처럼 보였다. 저 나무
들을 천막으로 가리는 수밖에 없나?

그런 모양이었다. 이미 남자들은 장대를 어깨
에 메고 그쪽으로 가고 있었다. 키 큰 남자만 남았
다. 그는 허리를 굽혀 라벤더 가지 하나를 손으로
비틀더니, 엄지와 집게손가락을 코에 대고 냄새를
들이마셨다. 그 동작을 본 로라는 그런 것에 마음
을 쏟는—라벤더 향기에 마음을 쏟는—그 사람
에게 감탄한 나머지, 카라카 나무 따위는 다 잊어
버렸다. 아는 남자들 가운데 저렇게 할 사람이 몇

---

[1]  월계수 비슷한 잎을 지닌 뉴질랜드의 나무.

이나 될까. 아, 일꾼들은 어쩌면 저다지도 멋질까,
하고 그녀는 생각했다. 춤 상대가 되고 일요일 밤
저녁식사에 오기도 하는 바보 같은 남자애들이 아
니라 일꾼들과 친구가 되면 왜 안되는지? 이런 사
람들하고는 훨씬 더 잘 지낼 수 있을 텐데.

키 큰 남자가 뭔가 둥글게 매달아놓거나 늘어
뜨릴 것을 봉투 뒷면에 그리는 사이, 그녀는 모두
가 이 말도 안되는 계급적 구분 탓이라고 단정했
다. 자기만큼은 그런 차이를 느낀 바가 없다. 전혀,
눈곱만큼도⋯⋯ 그리고 이제 쿵쿵 나무망치 소리
가 들려왔다. 누구는 휘파람을 불고, 누구는 노래
하듯 외쳤다. "어이 친구, 거기 괜찮나?" '어이 친
구'라니! 그 말에 담긴 저 친근함, 저―저―자기
가 얼마나 행복한지 증명하기 위해, 자기가 얼마나
편안한 느낌이며 어리석은 인습 따위는 얼마나 경
멸하는지 키 큰 남자한테 보여주기 위해서, 로라는
그 작은 그림을 바라보면서 빵을 한입 크게 베어물
었다. 그녀는 꼭 일꾼 처녀가 된 기분이었다.

"로라, 로라, 어디 있니? 전화 왔다,[2] 로라!" 집

에서 부르는 소리가 났다.

"가요!" 그녀는 잔디밭을 넘어, 정원길을 달려 가, 계단을 올라, 베란다를 가로질러, 현관 안으로 미끄러지듯 달려갔다. 현관 입구에서 아버지와 로 리가 사무실에 나갈 채비를 하고 모자에 솔질을 하 고 있었다.

"로라." 로리가 아주 빠르게 말했다. "오늘 오후 가 되기 전에 내 외투 잠깐 한번 봐줄래. 다려야 하 는지."

"그럴게." 그녀가 말했다. 갑자기 그녀는 억제할 수가 없었다. 로리에게 달려들어 짧게 살짝 껴안았 다. "아, 난 정말 파티가 좋아. 오빤 안 그래?" 로라 는 가쁜 숨을 몰아쉬며 말했다.

"물—론이지." 로리가 따뜻하고 소년다운 목 소리로 말하며 동생을 마주 안아주고는 가볍게 등 을 밀었다. "얼른 가서 전화 받아."

참, 전화가 왔지. "여보세요. 네. 네, 네, 연결해

2  당시는 가정용 전화가 매우 드물었기 때문에, 이 가족이 현대적 이고 풍요로운 중산층 집안임을 말해준다.

주세요. 키티니? 잘 있었어? 점심때 온다고? 그래, 와. 물론 좋지. 정말로 그냥 이것저것 되는대로 먹을 거야. 샌드위치 조각이나 부서진 머랭 셸[3]이나 차리고 남은 것들 말이야. 그래, 정말 완벽한 아침 아니니? 네가 준 흰 머플러? 그래, 정말 그래야겠네. 잠깐만 — 끊지 마. 엄마가 뭐라시네." 그리고 로라는 몸을 뒤로 젖혔다. "뭐라고요, 엄마? 안 들려요."

셰리든 부인의 목소리가 계단을 타고 위에서 들려왔다. "지난 일요일에 썼던 그 고운 모자 쓰고 오라고 해라."

"우리 엄마가 너보고 지난 일요일 썼던 그 고운 모자 쓰고 오란다. 좋아. 한시에. 안녕."

로라는 수화기를 내려놓고 두 팔을 머리 위로 올리고 숨을 깊게 들이쉬며 쭉 뻗었다가 내렸다. "휴 —" 그녀는 한숨을 내쉬더니, 바로 다음 순간 얼른 몸을 바로 했다. 그녀는 가만히 귀를 기울였

---

3  설탕과 달걀 흰자위로 만든 과자.

다. 집 안의 문이란 문은 죄다 열려 있는 것 같았다. 집 안에는 가볍고 재빠른 발걸음소리, 끝없는 목소리 들이 바글바글했다. 부엌으로 통하는, 초록색 나사螺絲천을 바른 문이 휙 열렸다가 둔중한 쾅소리를 내며 닫혔다. 그리고 이번에는 낄낄거리는 듯한 황당한 소리가 길게 들려왔다. 육중한 피아노를 그 뻑뻑한 바퀴다리로 미는 소리였다. 하지만 이 공기라니! 신경을 안 써서 그렇지, 원래 공기가 언제나 이랬나? 가벼운 산들바람이 창문들 꼭대기로 들어와 이 문 저 문으로 빠져나가며 숨바꼭질을 하고 있었다. 그리고 잉크병 위에 하나, 은제 사진틀 위에 하나, 조그만 햇빛 점 두개가 역시 장난을 치고 있었다. 참 귀여운 점들이었다. 특히 잉크병 뚜껑 위에서 노니는 점이 그랬다. 아주 따뜻해 보였다. 따뜻한 작은 은별. 입이라도 맞추고 싶었다.

현관 종소리가 울리고, 계단 위에서 세이디의 사라사 치맛자락이 버석거리는 소리가 들려왔다. 뭐라고 하는 남자 소리, 세이디의 무심한 대답 소리. "잘 모르겠는데요. 잠깐만요. 셰리든 부인께 여쥐봐볼게요."

"왜 그래, 세이디?" 로라가 홀로 나왔다.

"꽃가게에서 왔는데요, 로라 아가씨."

과연 그랬다. 바로 현관 안쪽에 분홍색 백합 화분이 가득한 얕고 널찍한 쟁반이 놓여 있었다. 다른 꽃은 없었다. 오로지 칸나, 즉 칸나 백합뿐으로, 활짝 핀 커다란 분홍색 꽃들이 선홍색 꽃줄기 위에서 환하게 빛나며 겁날 정도로 왕성한 생기를 뿜어내고 있었다.

"오오, 세이디!" 로라는 낮은 탄식과도 같은 소리를 냈다. 그리고 칸나의 타오르는 불길에 몸을 데우기라도 하려는 듯 쭈그리고 앉았다. 손 안에, 입술 위에 칸나가 느껴지고 칸나가 가슴속에서 자라나는 듯한 느낌이었다.

"뭔가 잘못된 거야." 그녀의 목소리는 기운이 없었다. "누가 이렇게 많은 꽃을 주문한 적은 한번도 없잖아. 세이디, 어머니 좀 찾아봐."

그러나 그 순간 셰리든 부인이 나타났다.

"제대로 온 거다." 그녀가 차분한 목소리로 말

했다. "그래, 내가 주문했어. 정말 아름답지 않니?" 로라의 팔을 잡은 그녀의 손에 힘이 들어갔다. "어제 꽃집을 지나가는데 진열장에 이 꽃들이 보이더라. 그런데 문득, 평생 한번쯤은 칸나 백합을 실컷 누려보자 하는 생각이 드는 거야. 가든파티라면 좋은 구실이 되지 않겠니."

"그렇지만 이번에는 관여하지 않으시겠다면서요." 로라가 말했다. 세이디는 이미 자리를 뜬 다음이었다. 꽃가게 점원은 아직 바깥 짐차 쪽에 있었다. 그녀는 어머니의 목에 팔을 감고 살그머니, 아주 살그머니, 어머니의 귀를 물었다.

"얘야, 너도 논리적인 엄마가 좋은 건 아니잖아? 에구, 이러지 마. 점원이 들어온다."

그는 다시 칸나를, 쟁반 한가득 들고 들어왔다.

"바로 현관문 안쪽에, 현관 양편으로 붙여놓으세요." 셰리든 부인이 말했다. "너도 같은 생각이지, 로라?"

"아, 그럼요, 엄마."

거실에서는 멕과 조시, 그리고 착한 꼬마 한스

가 피아노를 옮기는 데 마침내 성공했다.

"자 이제, 이 소파를 벽에 붙이고 의자만 빼고 모든 것을 치워버리면 되겠는데, 어때?"

"그렇네."

"한스, 이 탁자들은 흡연실로 옮겨가고, 양탄자에 난 이 자국들을 없애게 빗자루 좀 가져오고, 아, 잠깐만, 한스." 조시는 하인들에게 지시하기를 좋아했고 그들도 조시의 지시에 따르는 것을 좋아했다. 항상 그들에게 연극에서 연기를 하는 기분이 들게 했던 것이다. "어머니와 로라 양한테 당장 이리로 오시라고 말씀드려."

"잘 알겠습니다, 미스 조시."

그녀는 멕 쪽으로 몸을 돌렸다. "피아노 소리가 어떤지 들어봤음 좋겠네. 이따가 사람들이 나한테 노래를 시킬지도 모르잖아. 우리 「인생은 괴로워」를 연습해볼까."

쾅! 딴딴딴 딴따! 피아노 소리가 너무나 격정적으로 터져나오면서 조시의 표정이 변했다. 그녀는 두 손을 꼭 부여잡았다. 그리고 안으로 들어오는

어머니와 로라를 알 수 없는 구슬픈 표정으로 바라
보았다.

> 인생은 괴-로워,
> 눈물에 한숨.
> 덧없는 사-랑,
> 인생은 괴-로워,
> 눈물에 한숨,
> 덧없는 사-랑,
> 그러곤…… 안녕!

그렇지만 '안녕'이라는 대목에서, 피아노 소리
는 그 순간 가장 절망적인 음색이었음에도 불구하
고, 그녀의 얼굴에는 끔찍이도 무심한, 환한 미소
가 활짝 떠올랐다.
"오늘 내 목소리 괜찮죠, 엄마?" 그녀는 밝게 미
소지었다.

> 인생은 괴-로워,

희망도 사라지고.

꿈은 곧 깨-어나지.

그러나 그때 세이디가 끼어들었다. "무슨 일이
야, 세이디?"

"저, 마님, 요리사가 샌드위치 깃발들이 다 되었
느냐고 묻는데요."

"샌드위치 깃발 말이지, 세이디?" 셰리든 부인
은 꿈꾸듯 말을 따라 했다. 그리고 그 얼굴 표정
을 보고 아이들은 준비가 안되었다는 것을 알았다.
"어디 보자." 그리고 그녀는 세이디에게 단호하게
말했다. "요리사한테 십분 있다 보내주겠다고 해
라."

세이디가 나갔다.

"자, 로라." 어머니가 빠르게 말했다. "나하고 흡
연실로 가자. 샌드위치 이름들을 봉투 뒤쪽 어딘가
에 써놓았거든. 그걸 좀 옮겨 써줘야겠다. 멕, 당장
이층으로 올라가 머리의 그 젖은 터번 좀 벗어버
려. 조시, 너도 빨리 가서 옷 좀 갈아입고. 애들아,

알겠니? 아니면 오늘밤 아버지가 돌아오시면 말씀
드린다? 그리고 — 그리고 조시, 혹시 부엌에 가거
든 요리사 기분 좀 풀어줄래, 응? 오늘 아침에는 영
무시무시해서 말이야."

봉투는 마침내 식당의 괘종시계 뒤에서 발견되
었다. 셰리든 부인으로선 도대체 봉투가 어쩌다가
거기 있는지 알 수가 없었지만.

"너희들 중 누군가 내 가방에서 슬쩍 가져갔던
게 틀림없어. 아직도 기억이 생생한데 — 크림치즈
랑 레몬 커드. 다 썼니?"

"예."

"달걀에 — " 셰리든 부인은 봉투를 멀찌감치
두고 다시 보았다. "'생쥐'라고 되어 있는 것 같네.
그렇지만, 생쥐일 리는 없잖아?"

"'올리브'요, 우리 엄마." 로라가 어깨 너머로 들
여다보며 말했다.

"그래, 물론, 올리브겠지. 그런데 참 끔찍한 조
합처럼 들리지 않니? 달걀에 올리브라니."

마침내 일이 끝났고, 로라는 깃발들을 부엌으

로 가지고 갔다. 거기 가보니 조시가 요리사의 기분을 맞춰주고 있는데, 요리사는 전혀 무시무시해 보이지 않았다.

"이렇게 멋진 샌드위치는 정말 처음이에요." 조시가 감탄에 찬 목소리로 말했다. "종류가 몇가지나 된다고요, 아주머니? 열다섯?"

"열다섯 맞아요, 미스 조시."

"아이고, 아주머니, 축하드려요."

요리사는 긴 샌드위치 칼로 빵부스러기를 쓸어내면서 활짝 웃었다.

"고드버 상점에서 왔어요." 세이디가 식료품 저장실에서 불쑥 나오며 알렸다. 남자 점원이 창가로 지나가는 것을 보았다는 것이었다.

슈크림빵이 도착했다는 소리였다. 고드버 상점은 슈크림빵으로 유명했다. 아무도 집에서 만들어볼 생각을 하지 못했다.

"받아다가 탁자에 갖다놔." 요리사가 지시했다.

세이디가 슈크림빵을 들여놓고 다시 문 쪽으로

갔다. 물론 로라와 조시는 이제 그런 것들을 좋아하기에는 너무 나이가 들었다. 그래도 슈크림빵이 아주 맛있어 보인다는 데에는 동의하지 않을 수 없었다. 아주. 요리사는 겉에 붙어 있는 설탕을 털어내면서 슈크림빵을 가지런히 배열하기 시작했다.

"이걸 보면 옛날 파티들 생각나지 않아?" 로라가 말했다.

"그렇겠지." 옛 생각에 빠져들기를 좋아해본 적이 없는, 현실주의자 조시가 말했다. "정말 가볍고 폭신폭신한 게 예쁘긴 예쁘네."

"아가씨들, 하나씩 맛을 봐요." 요리사가 편안한 목소리로 말했다. "어머니께는 모르게 할 테니."

아니, 말도 안되는 일이었다. 아침 먹은 지 얼마라고 벌써 특제 슈크림빵이라니. 생각만 해도 끔찍한 일이었다. 그럼에도 불구하고, 이분쯤 지났을 때 조시와 로라는 거품낸 크림만이 자아낼 수 있는, 내면을 응시하는 듯 열중한 표정으로 손가락을 핥고 있었다.

"우리 뒤쪽 길로 해서, 정원에 가보자." 로라가

제안했다. "천막을 어떻게들 치고 있는지 보고 싶어. 정말로 멋진 사람들이던데."

그렇지만 뒷문은 요리사, 세이디, 빵집 점원과 한스가 가로막고 있었다.

무슨 일인가 일어난 것이었다.

"쯧쯧쯧." 요리사가 흥분한 암탉처럼 혀를 차댔다. 세이디는 마치 치통이라도 앓는 사람처럼 손을 뺨에 꼭 대고 있었다. 한스는 무슨 이야기인지 알아들으려고 애쓰느라 얼굴을 잔뜩 찡그리고 있었다. 고드버 상점 점원만이 즐거움을 맛보는 듯했다. 자기가 들고 온 이야기니까.

"왜 그래요? 무슨 일이 생겼어요?"

"끔찍한 사고가 생겼대요." 요리사가 말했다. "사람이 죽었다네요."

"사람이 죽어요! 어디서? 어떻게? 언제요?"

그러나 점원은 자기 이야기를 바로 코앞에서 가로채일 사람이 아니었다.

"바로 저 아래 작은 오두막집들 아시지요, 아가씨?" 아느냐고? 물론, 안다. "저, 그 동네 사는 젊은

친구로, 이름은 스콧이고 짐마차꾼인 사람이 있는
데요. 그런데 오늘 아침 호크가 모퉁이에서 증기
원동기[4]에 말이 놀라 뒷걸음치는 바람에 그만 말에
서 떨어졌는데, 바닥에 뒷머리를 부딪쳐서 죽었다
네요."

"죽었다고요!" 로라는 점원을 쳐다보았다.

"사람들이 몸을 들어올렸을 때는 이미 죽었더
래요." 빵집 점원이 즐기듯 말했다. "제가 이리 오
면서 보니까 사람들이 시신을 집으로 옮기고 있던
데요." 그리고 그는 요리사에게 말했다. "아내에다
어린애들이 다섯이라는데요."

"언니, 이리 와봐." 로라는 언니의 옷소매를 잡
아당기고, 부엌을 지나 초록색 나사천으로 바른 문
반대편으로 나갔다. 거기서 그녀는 발을 멈추더니
문에 몸을 기댔다. "조시 언니!" 그녀는 겁에 질린
목소리로 말했다. "도대체 어떻게 다 중지시키지?"

"다 중지하다니, 로라!" 조시가 깜짝 놀라며 외

---

4  무거운 짐을 나르거나 밭을 갈거나 동력을 공급하는 데 사용되
던 증기기관으로 움직이는 도로용 차량.

쳤다. "무슨 얘기야?"

"물론 가든파티 이야기지." 조시는 왜 모르는 척하는 걸까?

그러나 조시는 더 놀란 모양이었다. "가든파티를 그만둔다고? 아이고 로라, 말도 안되는 소리 하지 마. 그럴 수는 물론 없지. 우리가 그러기를 기대하는 사람도 없고. 그렇게 지나치게 굴지 좀 마."

"그렇지만 대문 바로 바깥에 죽은 사람을 두고서 가든파티를 할 수는 없잖아."

그것이야말로 지나친 말이었다. 작은 오두막집들은 저택으로 올라오는 가파른 오르막길 맨 아래쪽 골목길에 자기끼리 모여 있는데 말이다. 그 사이에는 넓은 도로도 가로지르고 있었다. 그렇다, 너무 가까운 것은 사실이었다. 눈에 거슬리는 혹도 이런 혹이 없으며, 이 동네에 들어설 권리부터가 없는 집들이었다. 초콜릿색으로 칠한 작고 초라한 거처인 집들에, 손바닥만 한 뜰에는 양배추 포기들과 병든 암탉들, 토마토 깡통들 말고는 보이는 게 없었다. 굴뚝에서 나오는 연기조차도 가난에 찌들

어 보였다. 셰리든 저택의 굴뚝마다 뿜어나오는 휨
없이 곧장 치솟는 거대한 은빛 구름줄기와는 너무
나 다른, 누더기 같은 작은 연기 조각들. 그 골목에
는 빨래하는 여자들과 굴뚝 청소부들과 구두장이
한사람, 그리고 집 정면에 온통 자잘한 새 조롱을
걸어놓은 남자가 살고 있었다. 아이들이 득시글했
다. 셰리든 집안의 자녀들이 어렸을 때는 거기서들
상스러운 말씨를 쓴다든가 무슨 병에 옮을지도 모
른다 하여 발도 들여놓지 못하게 되어 있었다. 그
렇지만 머리가 커진 후로 로라와 로리는 슬그머니
산책하러 나왔다가 이따금 이 골목을 지나가기도
했다. 역겹고 지저분한 골목이었다. 골목을 빠져나
올 때는 저절로 몸서리가 쳐졌다. 그렇지만 모름지
기 사람은 어디든 가봐야 하고, 무엇이든 보아야 하
는 법이었다. 그래서 그들은 이 골목을 드나들었다.

"거기다 그 불쌍한 여자한테 악단 소리가 어떻
게 들리겠어." 로라가 말했다.

"아니, 로라!" 조시는 진심으로 화가 나기 시작
했다. "누가 사고를 당할 때마다 연주를 못하게 해

야 한다면, 인생이 얼마나 팍팍하겠니. 그 일은 나도 너만큼 마음이 아파. 동정이 가는 것도 너와 마찬가지고." 그녀의 눈매가 딱딱하게 굳었다. 그녀는 어렸을 때 서로 싸우면서 짓던 그 표정으로 동생을 쳐다보았다. "감상적으로 굴어봤자 취한 막노동꾼이 살아나는 것도 아니잖니." 그녀는 부드럽게 말했다.

"취했다고! 취했다고 누가 그래?" 로라는 격분해서 조시에게 따졌다. 그녀는 옛날에 그런 경우 그들이 써먹던 말을 내뱉고 말았다. "당장 엄마한테 말할 거야."

"그래라, 뭐." 조시가 살랑거렸다.

"엄마, 들어가도 되어요?" 로라는 유리로 만든 커다란 문손잡이를 돌렸다.

"물론이지, 아가야. 아니, 무슨 일이냐? 왜 그렇게 얼굴이 빨개졌어?" 그러면서 셰리든 부인은 화장대에서 몸을 돌렸다. 그녀는 새 모자를 써보는 중이었다.

"엄마, 사람이 죽었대요." 로라가 말을 시작했다.

"설마 정원에서 죽은 건 아니지?" 어머니가 끼어들었다.

"아뇨, 아니요!"

"아, 너 때문에 기절하는 줄 알았다!" 셰리든 부인은 안도의 한숨을 내쉬며 커다란 모자를 벗어서 무릎에 내려놓았다.

"그렇지만요, 엄마." 로라가 말했다. 그녀는 거의 목이 메어가며 그 끔찍한 이야기를 숨가쁘게 전했다. "파티는 당연히 그만두어야지요, 안 그래요?" 그녀는 간청했다. "악단도 오고 모두들 올 텐데. 그 사람들한테도 다 들릴 거예요, 엄마. 이웃이나 마찬가지잖아요!"

로라에게는 정말 놀랍게도, 그녀의 어머니는 조시와 똑같은 태도를 취했는데, 게다가 재미있어하는 표정이어서 더 견디기가 힘들었다. 어머니는 로라의 말을 진지하게 받아들이지 않았다.

"그렇지만, 아가야, 한번 상식적으로 생각해봐. 우리가 그 이야기를 듣게 된 것도 우연이잖아. 만일 그 동네에서 정상적인 사망사건이 있었다면 ―

그 좁아터진 굴속에서 어떻게들 목숨을 부지하는지 모르겠다만―그래도 우리는 파티를 그대로 진행할 거야, 그렇지?"

로라는 그 말에 "예"라고 답하는 수밖에 없었지만, 전부 잘못된 느낌이었다. 그녀는 어머니의 소파에 주저앉아 방석의 프릴 장식을 잡아당겼다.

"엄마, 우리가 정말 너무 무정하게 구는 게 아닐까요?" 그녀는 물었다.

"애도 참!" 셰리든 부인은 일어나 모자를 들고 그녀에게 다가갔다. 로라가 막을 새도 없이 그녀는 로라 머리에 모자를 씌웠다. "우리 아가!" 어머니가 말했다. "이 모자는 네 거다. 너한테 딱 어울리네. 내가 쓰기에는 너무 젊은 취향이잖니. 이렇게 그림처럼 예쁜 네 모습은 처음이네. 자, 한번 봐!" 그러면서 그녀는 손거울을 들이댔다.

"하지만, 엄마." 로라가 다시 말을 시작했다. 거울에 비친 자기 모습을 차마 볼 수가 없었다. 그녀는 고개를 돌렸다.

이번에는 셰리든 부인도 조시가 그랬던 것처럼

인내심이 바닥났다.

"너 정말 왜 이렇게 바보처럼 구니, 로라." 그녀
는 차갑게 말했다. "그런 사람들은 우리한테 희생
을 바라지도 않아. 그리고 지금 너처럼 모든 사람
의 즐거움을 망쳐버린다면, 그거야말로 정말 무정
한 짓이야."

"전 이해할 수가 없어요." 로라는 말하고 재빨
리 방에서 빠져나와 자기 침실로 들어갔다. 정말
우연히도, 방에 들어섰을 때 맨 처음 그녀의 눈에
비친 것은, 황금색 데이지로 장식한 까만 모자에
긴 까만 벨벳 리본을 맨, 거울에 비친 이 매력적인
소녀의 모습이었다. 자기가 이렇게 매력적으로 보
일 수 있다고는 상상도 못해보았다. 엄마 말씀이
옳은가? 그녀는 생각했다. 그리고 이제 그녀는 엄
마가 옳았으면 싶어졌다. 내가 너무 지나치게 구는
것일까? 아마도 그럴 것이다. 아주 잠깐, 그 불쌍
한 여자와 그 어린아이들, 그리고 집으로 실려들어
가는 시신의 모습이 다시 머리에 떠올랐다. 그렇지
만, 모든 것이 신문에 실린 사진처럼 흐릿하고 비

현실적으로 느껴졌다. 파티가 끝난 다음에 다시 생각해보자, 그녀는 이렇게 결정했다. 그리고 어쩐지 그게 최선인 것 같았다……

점심식사를 마치자 한시 반이었다. 두시 반에는 모두 시끌벅적한 파티를 치를 준비를 마쳤다. 초록색 외투를 입은 악단이 이미 도착하여 테니스장 한구석에 자리를 잡았다.

"어머!" 키티 메이틀랜드가 새가 지저귀듯 말했다. "정말이지 어쩌면 저렇게 개구리들 같니? 저 사람들 연못가에 빙 둘러 앉혀놓고 지휘자는 연못 한가운데 잎사귀 위에 서 있게 했더라면 딱 맞겠는데."

로리가 돌아와 옷을 차려입으러 가는 길에 그들에게 큰 소리로 인사를 했다. 그를 보자 로라는 다시 사고 생각이 났다. 그에게 그 이야기를 하고 싶었다. 로리도 다른 사람들과 같은 생각이라면, 이렇게 해도 괜찮은 것이리라. 그래서 그녀는 그를 따라 홀로 들어갔다.

"로리 오빠!"

"와—!" 그는 층계를 반쯤 올라가던 중이었지만, 몸을 돌려 로라를 보고는 갑자기 두 뺨을 부풀리며 눈을 크게 뜨고 로라한테 눈짓을 해댔다. "세상에, 로라! 너 정말 근사하다." 로리가 말했다. "그 모자 정말 최곤데!"

로라는 힘없이 "그래?"라고 말하며 미소를 지으며 로리를 올려다보고, 결국 그에게 한마디도 못하고 말았다.

그리고 얼마 안 있어 사람들이 잇따라 도착하기 시작했다. 악단이 연주를 시작하고, 임시로 고용된 급사들이 급한 걸음으로 집과 천막을 오갔다. 어디를 보아도 쌍쌍의 남녀가 한가롭게 거닐거나, 허리를 굽혀 꽃을 들여다보고, 서로 인사를 나누고, 잔디 위를 이리저리 돌아다니고 있었다. 그들은 이날 오후 잠깐 셰리든 씨 정원에 내려앉은 화려한 빛깔의 새처럼 보였다. 어디론가 날아가다가 말이다—그런데 어디로? 아, 서로 악수를 하고 뺨을 비비고 눈을 맞추며 미소를 주고받으면서, 모두 행복하기만 한 사람들과 함께 있다는 것은 얼마나 행복한 일인지!

"어머 로라, 너 정말 멋지구나!"

"어쩜 모자가 그렇게 잘 어울리니, 얘야!"

"로라, 꼭 스페인 여자처럼 보이네. 오늘처럼 멋진 모습은 처음 보는구나."

그리고 로라는 환하게 빛나는 얼굴로 부드럽게 대답했다. "차는 드셨어요? 아이스크림 드시지 않을래요? 시계풀 열매 아이스크림이 정말로 별미예요." 그녀는 아버지에게 달려가 간청했다. "아빠, 악단한테도 뭐 마실 것을 갖다주면 안될까요?"

그리고 그 완벽한 오후는 서서히 무르익다가, 서서히 시들고, 서서히 그 꽃잎을 닫았다.

"이렇게 멋진 가든파티는 한번도⋯⋯""대성공이네요⋯⋯""정말 최고예요⋯⋯"

로라는 사람들과 작별을 나누는 어머니를 거들어드렸다. 모녀는 모든 게 끝날 때까지 현관에 나란히 서 있었다.

"아 드디어 끝났구나, 끝났어." 셰리든 부인이 말했다. "식구들을 오라고 해, 로라. 갓 끓인 커피라도 가서 좀 마시자. 기운이 하나도 없어. 그래, 매우 성공적이기는 했지. 그렇지만 이 파티, 파티들이라니! 너희들은 도대체 왜 자꾸 파티를 열자고 그러니!" 그리고 손님들이 떠나간 천막 안에 온 식구가 둘러앉았다.

"샌드위치 드세요, 아빠. 장식 깃발 글씨는 제가 쓴 거예요."

"고맙다." 셰리든 씨가 한입 베어물더니 금방 먹어치웠다. 그는 샌드위치를 한쪽 더 집어들었다. "오늘 고약한 사고가 있었다는 이야기 아직들 못 들었지?" 그가 말했다.

"듣고말고요, 여보." 셰리든 부인이 한 손을 쳐들며 말했다. "그 때문에 파티를 망칠 뻔한걸요. 파티를 연기해야 한다고 로라가 고집을 부려서요."

"아이, 엄마!" 로라는 그 일로 놀림거리가 되기는 싫었다.

"아무튼 끔찍한 사고였소." 셰리든 씨가 말했다. "그 친구 결혼도 했다던데. 바로 저 아래 골목 사람인데, 아내에다 아이도 대여섯명 있다더군."

잠깐 어색한 침묵이 흘렀다. 셰리든 부인은 자기 잔을 만지작거렸다. 정말이지 저이는 아버지가 되어가지고 눈치도 없이……

갑자기 그녀는 고개를 들었다. 거기 탁자 위에 손도 안 댔고 결국은 다 버리게 될 샌드위치니 케이크, 슈크림빵 따위가 즐비했다. 그녀는 이번에도 멋진 생각이 떠올랐다.

"그래," 그녀는 말했다. "우리 이것들로 바구니를 꾸려보자. 이 음식들 말짱하니까 그 불쌍한 여자한테 보내주자고. 아무튼 아이들한테는 최고의 먹을거리가 될 거 아냐. 그렇지 않니? 그리고 이웃들도 찾아오고 어쩌고 할 테니. 음식 준비가 다 되어 있다면 얼마나 좋겠니. 로라!" 그녀는 벌떡 일어섰다. "층계참 벽장에 가서 큰 바구니 하나 가져오너라."

"그렇지만 엄마, 그게 정말 좋은 생각일까요?" 로라가 말했다.

정말 이상하게도, 또다시 그녀는 다른 모든 식구와 생각이 다른 듯했다. 파티에서 남은 음식을 가져다주다니. 그 불쌍한 여자가 그것을 정말 달가워할까?

"물론이지! 너 오늘 왜 그러니? 한두시간 전만해도 우리한테 동정을 보이라고 야단이더니 지금은 또—"

아이, 알았어요! 로라는 바구니를 가지러 달려갔다. 바구니는 곧 채워지고, 어머니는 그 위에 한참을 더 올려놓았다.

"네가 직접 가지고 가거라, 애야." 그녀는 말했다. "지금 입은 그대로 빨리 갔다 오렴. 아니, 잠깐만, 이 칸나 백합도 가져가. 그 계층 사람들은 이꽃을 대단하게 여기거든."

"꽃줄기에 레이스옷이 망가지겠는데요." 현실주의자 조시가 말했다.

그렇겠네. 마침 잘 말해주었다. "그럼 바구니만 가지고 가라. 그리고, 로라!"—그녀의 어머니는 천막 밖으로 그녀를 따라나왔다. "너 절대로—"

"뭐요, 엄마?"

아니다. 그런 생각을 아이의 머릿속에 불어넣

지 않는 편이 낫겠다. "아냐! 얼른 가봐!"

로라가 정원문을 닫았을 때는 막 어둑해지는 참이었다. 커다란 개 한마리가 그림자처럼 휙 지나갔다. 길은 하얗게 빛나고, 저 아래 분지의 작은 오두막집들은 깊은 그늘에 잠겨 있었다. 오후를 파티로 보내선지, 정말 고요한 느낌이 들었다. 한 남자가 죽어 누워 있는 어딘가를 향해 언덕을 이렇게 내려가고 있는데, 도무지 실감이 나지 않았다. 왜 실감이 안 나는 걸까? 그녀는 잠시 발을 멈추었다. 자기 마음속에 입맞춤, 목소리, 달그락거리는 숟가락 소리, 웃음소리, 발에 밟힌 풀에서 나는 냄새 등이 깃들어 있다고 여겨졌다. 그래서 다른 것이 들어설 자리가 없었다. 이상하기도 하지! 그녀는 창백한 하늘을 올려다보았는데, 떠오르는 것은 '그래, 최고로 성공적인 파티였어'라는 생각뿐이었다.

이제 넓은 도로를 건넜다. 칙칙하고 어두운 골목길이 시작되었다. 숄이나 트위드 천으로 만든 남성용 캡을 쓴 여자들이 종종걸음으로 지나갔다. 남자들은 울타리에 몸을 기대고 서 있고, 문간에서는

아이들이 놀고 있었다. 초라한 작은 집들에서는 웅
웅거리는 듯한 잡음이 밖으로 나지막하게 들려왔
다. 떨리는 불빛이 새어나오는 집들도 있고, 그림자
가 게처럼 창문을 가로지르기도 했다. 로라는 머리
를 숙이고 발걸음을 재촉했다. 외투를 입고 올 걸
그랬다는 생각이 들었다. 드레스는 왜 이렇게 반짝
이는지! 거기다 벨벳 리본이 드리워진 커다란 모자
까지—모자라도 다른 것을 쓰고 올걸! 사람들이
쳐다보고 있을까? 분명히 그럴 것이다. 애당초 오
는 게 잘못이었다. 잘못이라는 것을 처음부터 내내
알고 있었는데. 지금이라도 돌아가는 게 나을까?

아니, 너무 늦었다. 이게 그 집이다. 틀림없다.
어두운 빛깔의 옷을 입은 사람들이 바깥에 몰려서
있었다. 대문 옆에는 목발을 짚은 늙은, 아주 늙은
여자가 의자에 앉아서 지켜보고 있었다. 발밑에는
신문지가 깔려 있었다. 로라가 다가가자, 말소리가
멈추었다. 사람들은 양편으로 물러났다. 마치 그녀
를 기다리고 있었던 것처럼, 그녀가 찾아오리라는
것을 알고 있었던 것처럼.

로라는 지독히 주눅이 들었다. 벨벳 리본을 어깨 위로 넘기면서 그녀는 옆에 서 있는 여자한테 "여기가 스콧 부인 댁인가요?" 하고 물었고, 여자는 묘한 미소를 지으며 "그런데요, 아가씨"라고 말했다.

아, 여기 오지 말 것을! 좁은 길을 따라들어가 문을 두드리면서 그녀는 실제로 "하느님, 도와주세요"라는 말을 중얼거렸다. 저 뚫어지게 쳐다보는 눈길이 없는 곳으로 가든가, 아니면 저 여자들이 걸치고 있는 숄이라도 좋으니 무엇으로라도 드레스를 가릴 수 있다면. 바구니만 내려놓고 곧장 갈 거야, 그녀는 마음먹었다. 바구니를 비울 때까지 기다리지도 않을 거야.

그때 현관문이 열렸다. 검은 옷을 입은 작은 여자가 어둠속에서 모습을 드러냈다.

로라는 "스콧 부인이세요?"라고 물었다. 그러나 기겁을 하게도, 여자는 "좀 들어오세요, 아가씨"라고 대답했고, 그녀는 복도에 갇힌 기분이었다.

"아니요." 로라는 대답했다. "들어가지는 않을래요. 이 바구니만 전해드리면 되거든요. 어머니가 보내서—"

어두컴컴한 복도에 서 있는 작은 여자는 그녀의 말을 듣지 못한 모양이었다. "이쪽으로 오세요, 아가씨" 하고 여자는 사근사근한 목소리로 말했고, 로라는 여자를 따라갔다.

그은 등잔 불빛이 비치는, 작고 옹색하고 초라한 부엌으로 로라는 들어가게 되었다. 화로 앞에는 한 여자가 앉아 있었다.

"엠," 로라를 데리고 들어온 작은 여자가 말했다. "엠! 아가씨 한분이 찾아오셨네." 그녀는 로라를 돌아다보았다. 그녀는 뜻깊은 듯이 말했다. "전 저애 언니예요, 아가씨. 저애 행동에 신경쓰지 마세요, 네?"

"아, 그럼요, 물론이지요." 로라가 말했다. "저, 저 제발 저분께 아무 말 마세요. 전—전 그냥 이것만 전해드리러—"

그러나 그 순간 화롯가의 여자가 돌아보았다. 눈이 퉁퉁 붓고 입술도 퉁퉁 부은, 벌겋게 부어오른 얼굴이 끔찍해 보였다. 로라가 왜 거기 있는지 이해할 수 없는 듯 보였다. 무슨 일인가? 이 알지도 못하는 여자가 어째서 바구니를 들고 부엌에 서 있는 것인가? 도대체 무슨 일인가? 그리고 그 가엾은 얼굴은 다시 일그러졌다.

"그래, 그러자." 다른 여자가 말했다. "이 아가씨한테 고맙단 인사는 내가 대신 할게."

그리고 그녀는 "저애를 양해해주시겠지요, 아가씨"라는 말을 다시 시작했고, 역시 부어오른 얼굴에 사근사근한 미소를 띠려 애썼다.

로라는 그저 나가고 싶은 마음, 벗어나고 싶은 마음뿐이었다. 그녀는 다시 복도로 나왔다. 문이 열렸다. 그녀는 곧장 침실로 걸어들어갔고, 거기에는 죽은 남자가 누워 있었다.

"고인을 한번 보시는 게 좋겠지요, 네?" 엠의 언니가 말하며, 로라 곁을 스쳐지나가 침대로 갔다. "겁내지 마세요, 아가씨."—그리고 이제 그녀의 목소리는 다정스럽고 은밀해졌고, 그녀는 다정스럽게 침대보를 걷어내렸다—"꼭 그림 같지요. 상처 같은 것도 안 보여요. 자 이리 오세요, 아가씨."

로라가 다가갔다.

거기에는 한 젊은 남자가 깊은 잠에 빠진 채 —
너무나 곤히, 너무나 깊이 잠들어서 두 사람 모두
에게서 멀리, 멀리 떨어진 채—누워 있었다. 아,
이렇게 초연하고, 이렇게 평화로울 수가. 그는 꿈
을 꾸고 있었다. 다시는 그를 깨우지 마라. 그의 머
리는 베개에 파묻혀 있고, 눈은 감겨 있었다. 감은
눈꺼풀 아래 두 눈은 아무것도 보지 않았다. 온통
꿈에 빠져든 것이었다. 가든파티니 바구니니 레이
스 드레스니 하는 따위가 그에게 무슨 상관이겠는
가? 그는 그 모든 것들에서 멀리 떨어져 있었다.
그는 정말 멋있고 아름다웠다. 그들이 웃어대고 악
단이 연주하는 동안, 이런 기적이 이 골목에 찾아
온 것이었다. 행복하다…… 행복하다…… 모든 게
잘되었다,라고 저 잠자는 얼굴은 말하고 있었다.
일어나야만 하는 일이 일어난 것이다, 나는 만족한
다고.

그러나 그럼에도 불구하고, 울 수밖에 없는 일
이었고, 그에게 무언가 말도 없이 방에서 나가버릴

수도 없는 노릇이었다. 로라는 큰 소리로 어린애처럼 흐느꼈다.

"이 모자, 용서해주세요." 그녀는 말했다.

그리고 이번에는 엠의 언니를 기다리지 않고, 그녀는 혼자서 길을 찾아 현관문을 나와, 좁은 길을 내려오고, 그 모든 어두운 사람들을 지나 걸어갔다. 골목길 모퉁이에서 그녀는 로리를 만났다.

그가 어둠속에서 불쑥 나왔다. "너니, 로라?"

"응."

"어머니께서 걱정하기 시작해서. 괜찮았니?"

"응, 괜찮아. 아, 로리 오빠!" 그녀는 그의 팔을 붙잡고, 그에게 몸을 밀착했다.

"아니, 너 우는 것 아니지, 응?" 그녀의 오빠가 물었다.

로라는 고개를 저었다. 그러나 울고 있었다.

로리는 그녀의 어깨를 팔로 감쌌다. "울지 마." 그가 그 따뜻하고 사랑이 담긴 목소리로 말했다. "그렇게 끔찍했니?"

"아니." 로라가 흐느꼈다. "그저 경이로웠어. 그

렇지만, 오빠 ─ ” 그녀는 말을 멈추고 오빠를 쳐다봤다. “인생이란 게,” 그녀는 말을 더듬었다. “인생이란 게 ─ ” 그렇지만 인생이 어떻다는 것인지 설명할 수는 없었다. 그러나 상관이 없었다. 그는 무슨 소린지 충분히 알아들었다.

"그러게 말이야, 응?" 로리가 말했다.

# 진품  The Real Thing

I

"어떤 신사와 숙녀께서 오셨는데요, 선생님."
(초인종이 울리면 문을 열어주곤 하던) 문지기의
아내가 알려주었을 때, 나는 소망이 생각을 낳기
마련이라 당시 자주 그랬듯이 초상화를 그려달라
고 오는 사람들을 즉각 떠올렸다. 나중에 보니 이
번 방문객들은 초상화를 그려달라고 오긴 했으나,
내가 바라던 그런 의미의 손님은 아니었다. 그러
나 처음에는 그들이 초상화를 주문하러 왔을 법하
지 않다는 표시가 전혀 나지 않았다. 신사는 쉰살
가량으로 훤칠한 키에 자세가 아주 곧았고, 잿빛이
감도는 콧수염을 기르고 멋지게 딱 맞는 진회색 외

투를 입고 있었다. 그의 콧수염이나 외투를 직업
적 관점에서 눈여겨본 ── 이발사나 재단사로서 보
았다는 의미는 아니다 ── 내게 그는 유명인사로 여
겨졌을 법도 했다. 유명인사가 그렇게 두드러지게
멋진 경우가 많다면 말이다. 이를테면 앞모습이 번
지르르한 사람이 공인公人일 가능성은 거의 없다는
것이 내가 오래전부터 알고 있는 진실이었다. 숙녀
를 힐끗 쳐다보니 이 역설적인 법칙을 한층 더 실
감할 수 있었다. 그녀 역시 '명사'이기에는 인물이
너무 빼어났다. 더욱이 이런 유명인사를 둘씩이나
한꺼번에 마주치기란 거의 불가능하다.

둘 중 어느 쪽도 즉시 입을 열지 않았다. 그들
은 상대방에게 말문을 열 기회를 주고 싶은 듯 말
을 꺼내지 않고 서로를 계속 바라보기만 할 뿐이었
다. 그들은 눈에 띄게 수줍어했다. 그들은 거기 선
채 내가 맞아들여주기를 기다렸는데, 나중에 알게
되었지만 그것은 그들이 취할 수 있는 가장 실리
적인 태도였다. 이런 방식으로 그들은 당황하는 태
도를 통해 자신들의 목적을 이루었다. 화폭에 자신

의 모습이 그려지는 것처럼 상스러운 일을 원한다고 차마 말하기가 꺼려져 고통스러워하는 사람을 보아왔지만 이번 방문객들의 거리낌은 좀처럼 극복할 수 없을 것 같았다. 하지만 신사 쪽에서 "아내의 초상화를 부탁합니다"라고 하든지 아니면 숙녀 쪽에서 "남편의 초상화를 부탁합니다"라고 한마디만 하면 되었을 것이다. 어쩌면 그들은 부부가 아닐 수도 있었고, 그런 경우라면 당연히 문제는 좀 더 미묘해질 것이다. 어쩌면 둘이 함께 그려주기를 원할 수도 있었는데, 그런 경우라면 그 말을 꺼낼 제삼자를 동반했어야 했다.

"저희는 리벳 씨의 소개로 왔습니다." 희미한 미소를 지으며 마침내 숙녀가 말을 꺼냈다. 그 미소는 사그라진 미모를 어렴풋이 암시해줄뿐더러 유화의 '퇴색한' 부분을 젖은 스펀지로 닦아냈을 때와 같은 효과가 났다. 그녀는 그녀대로 동행한 남자처럼 키가 크고 자세도 곧았으며 그보다 열살 정도 아래로 보였다. 그리고 얼굴에 표정이 담기지 않은 여자치고는 몹시 슬퍼 보였다. 말하자면 그녀의 화장한 달걀형 얼굴은 마치 노출된 표면처럼 마모된 흔적을 드러냈던 것이다. 시간의 손길이 그녀를 마음껏 주무르긴 했지만 결국 단순화하는 쪽을 택한 듯했다. 그녀는 날씬하고 꼿꼿했다. 주름과 주머니와 단추가 달린 감청색 옷을 근사하게 차려입은 것을 보면 그녀의 옷도 분명히 남편이 거래하는 재단사에게서 맞춘 것이었다. 이 부부에게는 뭐랄까 검소한 부자 같은 분위기가 풍겼는데, 돈을 별로 안 들이고 상당한 사치를 한 것이 빤했다. 초상화도 그들의 사치품 가운데 하나가 될 운명이라면 내 편에서 어떤 조건을 내걸지 숙고해야 할 것 같았다.

"아, 클로드 리벳 씨가 저를 추천했다고요?" 내가 물었다. 그리고 그는 풍경화만 그리니까 이렇게 주선해줘도 손해볼 일은 없을 거라고 내심 생각했지만 그가 아주 친절한 일을 했노라고 덧붙였다.

숙녀가 신사를 아주 빤히 쳐다보았고 신사는 방을 둘러보았다. 그러고는 바닥을 잠시 응시하고 수염을 만지더니 유쾌한 눈빛으로 나를 보며 말했다. "그분은 선생님이 적임자라고 하더군요."

"초상화를 그려주길 바라는 분들께 적임자가 되려고 하지요."

"예, 저희를 그려주셨으면 합니다." 부인이 초조하게 말했다.

"두분을 함께 말씀이십니까?"

방문객들은 서로 눈길을 주고받았다. "만일 저도 다루신다면, 그건 두배가 되겠지요." 신사가 더듬거리며 말했다.

"오 그렇죠, 한 사람보다 두 사람일 때 비용이 더 높아지는 게 당연하죠."

"저희는 수지가 맞았으면 합니다." 남편이 속을 털어놓았다.

"아주 친절하시군요" 하고 나는 너무나 이례적인 배려에 감사하며 대답했다. 왜냐하면 나는 그가 화가에게 돈을 지불하겠다는 뜻인 줄 알았기 때문이다.

일이 이상하게 돌아가고 있다는 느낌이 숙녀에게 들기 시작한 듯했다. "저희는 삽화를 염두에 두고 말하는 거예요 —리벳 씨가 선생님이 인물을 넣을 수도 있다고 해서요."

"인물을요? 삽화를요?" 나도 그들만큼이나 혼란스러웠다.

"이 사람을 그려넣어달라는 말씀입니다." 신사가 얼굴을 붉히며 말했다.

그때서야 나는 클로드 리벳이 내게 어떤 짓을 했는지 알아챘다. 내가 잡지나 이야기책, 최신의 생활 스케치 등에 실을 흑백 펜화 작업을 하며, 따라서 모델을 자주 고용한다고 이들에게 일러준 것이다. 그건 맞는 말이었다. 하지만 수입도 수입이지만 위대한 초상화가가 되는 영예를 내 뇌리에서 떨쳐낼 수 없었다는 것 또한 그 못지않은 진실이었다(지금에야 그 사실을 고백하는 바인데, 초상화가가 되려는 그 열망이 모든 것을 이루게 했기 때문인지 아니면 아무것도 이루지 못하게 했기 때문인지는 독자의 추측에 맡긴다). '삽화'를 그리는 것은 밥벌이용이었다. 나는 후세에 명성을 남기기 위해(내게 언제나 단연코 가장 흥미롭게 여겨졌던) 다른 예술분야에 기대를 걸고 있었다. 돈을 벌기 위해서라도 그 분야에 기대를 거는 데 아무런 부끄러움이 없었지만, 돈 벌 가능성이란 내 방문객들이 공짜로 '그려지기'를 바라는 그 순간부터 아득히 멀어져갔다. 나는 실망했다. 왜냐하면 회화적 관점에서 나는 즉각 그들을 간파해버렸기 때문이다. 나는 그들이 어떤 유형인지 파악했고, 그런 유형을 어떻게 다룰지는 이미 결정해놓았던 것이다. 나중에 생각해보니 그것은 그들 마음엔 전혀 들지 않았을 그런 결정이었다.

"아, 당신들은 ― 당신들은 ― 그러니까 ― ?" 놀란 마음을 가라앉히자마자 내가 말을 꺼냈다. 나는 '모델'이라는 상스러운 단어를 차마 꺼낼 수가 없었다. 그것은 이 사람들에겐 너무도 안 어울렸다.

"경험은 별로 없습니다." 숙녀가 말했다.

"우리는 뭐든 해야 할 처지랍니다, 선생님 쪽 분야의 화가라면 우리가 소용될 듯해서요." 남편이 내뱉듯 말했다. 그는 자신들이 아는 화가도 별로

없어서 혹시나 하고 리벳 씨(그는 물론 풍경화가
였지만 가끔 인물을 그려넣기도 했다 — 내 기억
으로는 그랬던 것 같다)에게 먼저 찾아갔다고 덧
붙였다. 그들은 몇년 전 노퍽 어디에선가 스케치를
하고 있던 그를 만난 적이 있었다.

"저희도 한때는 스케치를 좀 했거든요." 부인이
넌지시 말했다.

"아주 쑥스럽게 되었지만, 우리는 무조건 뭐라
도 해야 할 처지입니다." 남편이 말을 이었다.

"물론 저희가 아주 젊지는 않지만요." 희미한 미
소를 지으며 그녀가 인정했다.

자기들 신상에 대해 좀더 알아두는 게 좋겠다
는 말을 하면서 남편은 산뜻한 새 지갑(그들의 소
지품은 모두 다 신제품이었다)에서 명함을 꺼내
내게 건넸는데, 거기엔 '소령 모나크'라는 글자가
새겨져 있었다. 그 글자들은 인상적이긴 했지만 그
들에 대해 더 알려주는 바는 별로 없었다. 하지만
방문객은 곧 이렇게 덧붙였다. "저는 군에서 퇴역
했고 불운하게도 재산을 날려버렸어요. 사실 우리

수입은 쥐꼬리만 하답니다."

"사는 게 정말 지긋지긋해요." 모나크 부인이 말했다.

그들은 신중하게 처신하고자 한 것이 분명했다. 이를테면 신사계급이라 해서 으스대지 않으려고 신경을 썼다. 나는 그들이 신사계급이라는 사실을 일종의 약점으로 기꺼이 인식할 태세임을 간파했지만, 동시에 그들에게 나름의 장점이 있다는 생각—역경에 처한 그들에겐 위로가 되는 점인데—도 은근히 갖고 있음을 짐작했다. 그들에게는 분명히 장점이 있었다. 하지만 이런 장점이란 사교계에서나 통하는 것이라는 느낌이 강하게 들었다. 예컨대 그들이 있으면 응접실이 더 근사해 보이는 그런 장점 말이다. 하지만 응접실이란 언제나 그림 같은 곳이며 또한 그림 같아야 하는 법이다.

그의 아내가 그들의 나이에 대해 넌지시 말했기 때문에 모나크 소령은 이런 발언을 했다. "물론 우리가 이 일을 하려고 생각한 건 몸매 때문입니다. 아직도 자세를 바르게 취할 수 있거든요." 순간 나는 몸매가 정말로 그들의 강점임을 알아보았다. '물론'이라는 그의 말은 허황되게 들리지 않고 오히려 뭐가 문제인지를 분명히 해주었다. "이 사람 몸매는 최고지요." 만찬 후 완곡한 어투를 생략한 채 흥겹게 대화하듯 그가 아내를 향해 고개를 끄덕이며 말을 이었다. 나는 우리가 실제로 포도주를 사이에 두고 앉아 있거나 한 듯이, 그의 몸매도 아내 못지않게 아주 훌륭하다는 말을 하지 않을 수 없었다. 그 말에 대한 대꾸로 그는 이렇게 화답했다. "선생님이 우리 같은 사람을 쓰실 일이 있다면 우리가 어울리지 않을까 싶었어요. 특히 이 사람이야말로 책에 나오는 귀부인으로 딱이지요."

나는 그들이 아주 재미있었고 그 재미를 더 느껴보려고 최대한 그들의 관점을 취해보았다. 그래서 내가 비판적인 말을 입에 올리지 않을 그런 관계에서나 만날 법한 이 부부를 마치 임대 중인 짐승이나 유용한 흑인이나 되듯 신체적으로 평가하고 있음을 알고 당황스러웠으나 모나크 부인을 엄정하게 살펴본 다음 나는 잠시 후에 확신에 찬 목소리로 소리칠 수 있었다. "오, 그렇군요. 책에 나오는 귀부인이로군요!" 그녀는 이상하게 엉터리 삽화처럼 보였다.

"원하시면 서보겠습니다." 소령이 말했다. 그리고 그는 정말로 위풍당당하게 내 앞에서 일어섰다.

그가 얼마나 큰지 한눈에 알 수 있었다. 188센티미터의 키에 완벽한 신사의 모습이었다. 회원모집 중이라서 눈길을 끌어야 할 클럽이라면 봉급을 주고 그를 고용해서 눈에 잘 띄는 창가에 세워두면 수지가 맞을 것 같았다. 즉각 떠오른 생각은 나를 찾아오는 바람에 그들이 천직을 놓쳐버린 게 아닐까 하는 것이었다. 확실히 그들이 광고 쪽으로 나갔더라면 활용될 여지가 훨씬 많았을 것이다. 물론 세부사항까지는 알 수 없었지만, 그들이 ─ 자신들의 돈벌이가 아니라 ─ 누군가에게 돈벌이를 시켜주는 모습은 쉽게 떠올랐다. 그들에게는 재단사나 호텔경영자, 혹은 비누장수에게 돈벌이를 시켜줄 만한 뭔가가 있었다. 나는 그들이 "우리는 언제나 이것을 애용합니다"라는 문구를 가슴에 꽂고 다니면 효과 만점일 거라는 생각이 들었고 그들이 민첩하게 호텔 정식을 먹는 모습도 떠올랐다.

모나크 부인은 조용히 앉아 있었는데, 거만해서가 아니라 수줍음 때문이었다. 이윽고 남편이 그녀에게 말했다. "여보, 일어서서 당신이 얼마나 맵시있는지 보여드려요." 그녀는 순순히 일어섰지만 얼마나 멋진 몸매를 가졌는지 보이기 위해 굳이 일어설 필요는 없었다. 그녀는 화실 끝까지 걸어갔다가 떨리는 눈길로 남편을 쳐다보면서 얼굴을 붉히며 되돌아왔다. 나는 파리에서 우연히 목격한 일이 생각났다. 나는 그때 그곳에 곧 상연될 연극의 연출을 맡은 극작가 친구와 함께 있었는데, 역을 맡겨달라고 한 여배우가 찾아왔다. 여배우는 지금의 모나크 부인처럼 그 친구 앞을 왔다갔다했다. 모나크 부인도 몸매를 선보이는 일을 훌륭하게 해냈지만 나는 박수 치는 것을 자제했다. 이런 사람들이 이렇게 돈 안되는 일을 하려 드는 것이 너무 이상했다. 그녀는 연봉이 만 파운드는 되어 보였다. 남편이 그녀를 묘사하는 데 사용한 런던의 최신 유행

어대로 그녀는 본질적으로, 그리고 전형적으로 '맵시 있는' 여자였다. 같은 발상으로 말하면 그녀의 자태는 눈에 띄게, 그리고 흠잡을 데 없이 '훌륭했다'. 그 나이의 여자로서는 놀랄 만큼 허리가 가늘었고, 게다가 구부릴 때의 팔꿈치 곡선미는 고전적인 느낌을 주었다. 그녀는 흔히들 그러듯이 일정한 각도로 고개를 치켜들고 있었다. 하지만 그녀가 도대체 왜 나를 찾아왔단 말인가? 그녀 같은 숙녀라면 큰 상점에서 재킷이나 입어보고 있어야 마땅했다. 나는 이번 방문객들이 궁금할 뿐 아니라 '예술적'일까봐 겁이 났다. 그럴 경우 문제가 대단히 복잡해질 것이기 때문이었다. 그녀가 다시 자리에 앉았을 때 나는 감사를 표하면서 데생화가가 모델에게 가장 중시하는 것은 가만히 있는 능력이라고 말했다.

"오, 이 사람은 가만히 있는 건 잘합니다." 모나크 소령이 말했다. 그러고는 익살스럽게 덧붙였다. "제가 항상 가만히 뒀거든요."

"제가 고약하게 안절부절못하는 타입은 아니

죠, 그렇죠?" 모나크 부인이 남편에게 호소했다.

그는 그 대답을 나한테 했다. "이런 말씀 드려도 부적절한 건 아니겠지요 — 우린 아주 사무적이어야 하니까요, 안 그렇습니까? — 사실 결혼할 무렵 아내는 '미의 여신상'으로 불렸답니다."

"오, 여보!" 모나크 부인이 애처롭게 말했다.

"물론 어느정도 표현력이 필요하지요." 내가 대답했다.

"**물론이지요!**" 두 사람이 소리쳤다.

"그리고 이 일이 지독히 피곤한 일이라는 건 아시겠지요."

"오, 우리는 **절대** 피곤해하지 않아요!" 그들이 아주 간절하게 소리쳤다.

"이런 종류의 일을 해본 경험이 있으세요?"

그들은 머뭇거리며 서로를 바라보았다. "사진은 찍었어요, **엄청나게 많이요.**" 모나크 부인이 말했다.

"이 사람 말은 사람들이 우리에게 사진을 찍자고 했다는 뜻입니다," 소령이 덧붙였다.

"그랬을 것 같군요 — 인물이 너무 좋으시니까."

"무슨 생각으로 그랬는지 모르지만 사람들이 항상 우리를 따라다녔습니다."

"사진은 언제나 공짜로 얻곤 했답니다." 모나크 부인이 미소지었다.

"몇장 가져올 걸 그랬지, 여보." 남편이 말했다.

"남은 게 있는지 모르겠어요. 너무 많이 줘버려서요." 그녀가 내게 해명했다.

"사인과 함께 이런저런 글귀를 적어서 줬지요." 소령이 말했다.

"가게에 가면 구할 수 있을까요?" 악의 없는 농담으로 내가 질문했다.

"오, 그럼요. 이 사람 사진은 그렇지요. 전엔 있었어요."

"지금은 없어요." 바닥을 내려다보며 모나크 부인이 말했다.


**2**


나는 그들이 증정용 사진에 적어넣은 '글귀'를

상상할 수 있었고, 그들의 필체가 근사했을 것이라는 확신이 들었다. 이상하게도 그들에 관한 것이라면 무엇이든 너무나 빨리 확신이 들었다. 그들이 지금 잔돈푼이라도 벌어야 할 만큼 가난하다면, 전에도 그렇게 여유가 있었던 것은 아니었다. 잘생긴 용모가 그들의 밑천이었고, 그들은 이 밑천을 바탕으로 할 수 있는 일을 즐거운 마음으로 최대한 잘해보려고 했다. 그들은 이십년간 시골 저택을 찾아다니다보니 멍청함이랄까 깊은 지적 휴면 같은 것이 얼굴에 나타났으며, 기분좋은 억양을 구사할 수 있었던 것이다. 나는 읽지도 않은 잡지들이 흩어져 있는 양지바른 응접실에 모나크 부인이 줄곧 앉아 있는 광경을 떠올릴 수 있었고 물기 젖은 관목숲을 산책하는 모습도 상상할 수 있었는데, 어느 쪽이건 감탄할 만큼 멋지게 차려입은 모습이었다. 그리고 소령이 다른 사람들과 함께 사냥했던 짐승들의 깊은 은신처며 사냥감 이야기를 나누려고 밤늦게 흡연실로 갈 때 입었던 근사한 복장도 떠올릴 수 있었다. 나는 그들이 입은 각반과 방수복, 멋진 트위드 양복과 무릎덮개, 지팡이 세트와 낚시도구와 산 뜻한 우산 등을 상상할 수 있었다. 그리고 그들의 하인들의 외모라든지 시골 역 플랫폼에 놓아둔 다 양한 소형 여행가방들의 생김새까지도 정확히 떠 올릴 수 있었다.

그들은 팁을 적게 주었지만 호감을 샀고, 스스 로는 아무 일도 하지 않았지만 환영을 받았다. 그 들은 어디서나 아주 잘 어울렸다. 그들의 신장, 얼 굴빛, '몸매'가 대중의 취향을 만족시켰던 것이다. 이런 사실을 알면서도 그들은 우둔하거나 천박하 게 굴지 않았고 자존심을 지켰다. 그들은 피상적 이지 않았다. 즉 철저한 처신과 꼿꼿한 자세를 유 지했으며 그것을 신조로 삼았다. 이런 행동 취향 을 가진 사람들은 신조가 있어야 했다. 활기 없는 저택에서도 그들이 명랑한 분위기를 자아낼 것으 로 기대를 받은 연유를 알 수 있었다. 그런데 지금 은 무슨 일이 일어난 것이고 —그게 무슨 일이건 간에 그들의 적은 수입은 더 적어지고 급기야는 최 소한으로 줄어들어서 —그들은 용돈이라도 벌기 위해 무슨 일이든 할 수밖에 없게 되었다. 친구들은 그들을 좋아했지만 그들을 부양하고 싶지는 않았다. 그들에게는—그들의 옷차림이나 태도, 그들의 유형에는—신용을 나타내는 뭔가가 있었다. 그러나 신용이란 것이 이따금씩 동전소리가 울려퍼지는 커다란 빈 주머니라면, 적어도 동전소리가 들리기는 해야 하는 법이다. 그들이 내게 원한 것은 그 소리가 나도록 도와달라는 것이었다. 다행히 그들에게는 아이가 없었다. 나는 얼마 되지 않아 그 사실을 알아차렸다. 그들은 아마 우리 관계도 비밀에 부치고 싶어했을 것이다. 그들이 '몸매만' 그려달라고 한 이유가 바로 그것이었는데, 만일 얼굴을 그린다면 그들이 누구인지 드러날 것이기 때문이었다.

나는 그들이 마음에 들었다. 그들은 아주 소박했다. 그들이 모델로 적합하기만 하다면 나로서는 반대할 생각이 없었다. 하지만 온갖 완벽한 점에도 불구하고 어쩐지 그들에게 쉽게 믿음이 가지 않았다. 어쨌거나 그들은 아마추어였고, 아마추어에 대한 혐오야말로 내 인생의 주된 열정이었다. 이것에 덧붙여 또다른 괴벽도 작용했는데, 그것은 실물보다 재현된 대상을 선호하는 나의 타고난 성향이었다. 실물의 결함은 표현이 부족하기 쉽다는 점이었다. 나는 나타난 사물이 좋았다. 그때는 확신을 가질 수 있었다. 그 사물이 실재하는가 아닌가는 부차적이고 거의 언제나 쓸데없는 질문이었다. 그리고 또다른 고려사항들도 있었는데, 그중 첫번째는 내가 벌써 두어 사람을 쓰고 있다는 사실이었다. 그중 특히 한 사람은 발이 크고 알파카 옷을 입는 킬번 출신의 젊은이인데 이년 동안 정기적으로 내 삽화의 모델 노릇을 해왔고, 나는 여전히 —고상하지 못해서 그런지 모르나—그 사람에게 만족하고 있었다. 내 사정이 어떠한지를 방문객들에게 솔직히 설명했지만, 그들은 내 예상보다 훨씬 신중하게 대비책을 세워놓고 있었다. 그들은 자기들에게 기회가 있다고 차분히 논리적으로 설명했다. 왜냐하면 클로드 리벳이 그들에게 우리 시대의 작가 한 사람 —가장 비범한 소설가—의 호화장정본이

기획 중이라고 이미 말해주었기 때문이다. 이 작가
는 오랫동안 저속한 다수한테 무시당했고 다만 주
의깊은 비평가(필립 빈센트를 굳이 언급할 필요가
있을까?)로부터 대단히 높은 평가를 받았으나 운
좋게도 늘그막에 빛을 보고 고급비평의 조명을 제
대로 받은 것이다. 이런 때늦은 평가에는 대중 쪽
에서 속죄하는 의미가 담겨 있는 것이 확실했다.
고상한 취향의 한 출판업자에 의해 기획된 문제의
이 판본은 실로 대단한 보상행위였다. 책을 장식할
목판은 영국 화단이 영국 문단을 대표하는 가장 독
자적인 작가들 중 하나에 바치는 경의의 표시였다.
모나크 소령 부부는 이 기획에서 내가 맡은 부분
에 그들을 넣어줄 수 있으리라는 희망을 품고 왔다
고 고백했다. 그들은 내가 이 전집의 첫권인 『러틀
랜드 램지』의 삽화 작업을 할 것이라는 사실을 알
고 있었다. 하지만 첫권은 시험용이었다. 이 기획
에 끝까지 참여할 것인가 여부는 내가 내놓을 작업
이 얼마나 만족스러우냐에 달려 있음을 나는 그들
에게 분명히 해둘 수밖에 없었다. 만일 첫권의 삽

화가 흡족하지 않으면 고용주들은 나를 가차없이 자를 것이다. 그러므로 이 일은 나로서는 하나의 위기였고, 따라서 당연히 나는 필요하다면 새로운 모델을 찾아보고 최상의 유형을 확보하는 등 특별한 준비를 하고 있었다. 하지만 온갖 역을 두루 해낼 훌륭한 모델 두셋을 정해놓고 싶다는 점은 인정했다.

"저희가, 어, 특별한 의상을 자주 입어야 할까요?" 모나크 부인이 주저하며 물었다.

"당연하지, 여보——그게 모델 일의 절반인걸."

"그러면 우리가 입을 의상은 우리가 마련해야 하나요?"

"오, 아닙니다. 제겐 옷이 많이 있어요. 모델은 화가가 원하는 대로 무슨 옷이건 갈아입어야 하지요."

"그럼, 어——같은——옷을 말씀하시는 건가요?"

"같은 옷이라뇨?"

모나크 부인은 다시 자기 남편을 바라보았다.

그가 설명했다. "오, 아내는 같은 의상을 여럿이

함께 사용하는지 알고 싶은 겁니다." 나는 그렇다고 털어놓을 수밖에 없었고, 그중 몇벌은 (내겐 기름때에 찌든 지난 세기의 진짜 의상들이 많았다) 백년 전에 살던 세속의 남녀들이 실제 입었던 옷이라고 덧붙였다. "몸에 맞기만 하면 뭐든 입어야죠." 소령이 말했다.

"오, 그건 제가 정해드립니다―그림에서 그 옷들이 맞춤하게 보이도록 말이지요."

"전 현대물에 더 어울릴 것 같아요. 원하시는 모습 그대로일 거예요." 모나크 부인이 말했다.

"아내는 집에 옷이 많습니다. 당대 생활을 다룬다면 아내가 가진 옷도 쓸 만할 겁니다." 그녀의 남편이 말을 이었다.

"오, 부인께 아주 자연스럽게 어울리는 장면들이 떠오르는군요." 그러자 정말 되는대로 엮어놓은 진부한 각본―성질이 날까봐 읽지도 않고 삽화를 그렸던 단편들―이 떠올랐고, 이 훌륭한 부인은 그 이야기의 조야한 공간을 채우는 데 도움이 될 것 같았다. 하지만 이런 종류의 일―매일 거듭되는 기계적인 고역—에 쓸 모델은 충분히 있으며, 현재 쓰고 있는 모델들이 그 일에 아주 적임이라는 사실을 다시 떠올려야 했다.

"저희는 그저 어떤 인물들이 저희와 비슷하지 않을까 생각한 것뿐이랍니다." 모나크 부인이 부드럽게 말하며 자리에서 일어섰다.

그녀의 남편도 일어났다. 그는 아련히 애원하는 눈빛으로 나를 바라보며 서 있었는데 이렇게 멋진 남자가 그러니 너무 애처로웠다. "가끔은 이런 사람을 쓰는 게 더 매력적이지 않을까요? 이를테면 어—어—" 그가 더듬거리며 자신이 하고픈 말을 내가 해주길 바랐다. 하지만 나는 그럴 수가 없었는데 무슨 말인지 몰랐기 때문이다. 그래서 그는 어색하게 말을 끄집어냈다. "진품 말입니다. 진짜 신사나 숙녀 말이죠." 대체로 동의할 마음이 있었으므로 나는 그건 대단한 일이라고 인정했다. 이 말에 고무된 모나크 소령은 울음을 꾹 참으면서 말을 이었다. "정말 힘듭니다. 우린 안해본 게 없어요." 울컥하는 마음이 전달되었는데, 그의 아내는 견디기 어려웠던 모양이다. 내가 알아차리기도 전에 모나크 부인은 소파에 다시 주저앉아 울음을 터뜨렸다. 남편이 그녀 곁에 앉더니 한쪽 손을 잡아주었다. 그러자 그녀는 나머지 한 손으로 재빨리 눈물을 닦고 나를 올려다보았다. 나는 당혹감을 느꼈다. "별별 일자리에 다 지원해놓고 기별이 오길 기다리고 기도했어요. 짐작하시겠지만 처음에는 참담했어요. 비서직이나 그 비슷한 일자리요? 차라리 귀족 직위를 달라는 편이 나을 지경이에요. 전 뭐라도 할 마음이 있어요. 몸이 튼튼하니 배달이나 석탄 적재도 할 수 있어요. 금줄 달린 모자를 쓰고 양품점 앞에서 마차 문을 열어줄 의향도 있어요. 역 주위에 어슬렁대다 여행용 짐가방을 나를 수도 있고요, 우체부 노릇도 할 수 있어요. 하지만 그들은 절 거들떠보지도 않는답니다. 세상에는 저 같은 사람들이 이미 수도 없이 널려 있거든요. 한때 포도주를 마시며 사냥개를 키우던 신사들이 불쌍한 거지가 된 거죠!"

나는 내가 할 수 있는 모든 방법으로 그들을 안

심시켰다. 방문객들은 곧 다시 일어섰고 우리는 시험 삼아 한시간 동안 작업을 해보자는 데 합의했다. 우리가 이런 논의를 하고 있을 때 문이 열리더니 미스 첨이 젖은 우산을 들고 들어왔다. 미스 첨은 승합마차를 타고 메이더 베일¹까지 와서 거기서부터 0.8킬로미터를 걸어온 것이다. 그녀는 약간 추레해 보였고 흙탕물이 조금 튀어 있었다. 나는 그녀가 들어설 때마다 저렇게 볼품없는 여자가 다른 사람 역할을 할 때는 어쩌면 그렇게 멋질 수 있는지 정말 기이하다는 생각이 매번 들었다. 그녀는 보잘것없는 조그만 미스 첨이지만 로맨스의 여주인공 역할을 넉넉히 소화했다. 그녀는 주근깨투성이의 런던 빈민가 출신에 불과하지만 고상한 귀부인에서 양치기 소녀까지 모든 역을 해낼 수 있었다. 그녀가 멋진 목소리와 긴 머리카락을 가졌을 수도 있듯이 그녀에게 그런 천부적인 재능이 있었던 것이다. 철자법도 모르고 맥주를 좋아하는 아가

¹ 런던 북서부의 한 구역으로 운하 주변의 한적한 주택지구.

씨지만, 그녀에게는 두세가지 '장기'와 연습과 요령과 타고난 위트와 일종의 변덕스러운 감수성과 연극에 대한 열정과 일곱 자매와 특히 에이치$^h$ 발음에 대한 철저한 무시가 있었다. 모나크 부부가 맨 먼저 본 것은 그녀의 우산이 젖어 있다는 것이었고, 흠잡을 데 없이 완벽하게 차려입은 그들로서는 그런 우산을 보고 눈에 띄게 움찔했다. 그들이 도착한 이래 계속 비가 내렸던 것이다.

"완전히 다 젖었지 뭐예요. 승합마차에 사람들이 엄청나게 많더라고요. 선생님이 역 근처에 살면 좋겠어요." 미스 첨이 말했다. 내가 그녀에게 최대한 빨리 준비하라고 요구하자 그녀는 늘 옷을 갈아입던 방으로 들어갔다. 하지만 방을 나가기 전에 그녀는 이번엔 무슨 옷으로 갈아입어야 하느냐고 물었다.

"러시아 공주잖아, 모르겠어?" 내가 대답했다. "『칩사이드』$^2$의 연재물에 쓸 검은 벨벳 옷을 입은

2  대중적인 문학잡지.

'황금빛 눈'의 공주 말이야."

"황금빛 눈이라고요? 어머나!" 미스 첨이 소리쳤고, 모나크 부부는 그녀가 물러가는 모습을 뚫어지게 바라보았다. 그녀는 늦게 올 때면 내가 돌아보기도 전에 항상 자기가 알아서 옷을 차려입었다. 나는 모나크 부부가 그녀를 보고 무슨 일을 해야 할지 알아차렸으면 해서 그들을 일부러 좀더 붙잡아두었다. 나는 그녀가 내가 생각하는 최상의 모델이며 정말 대단히 총명하다고 말했다.

"선생님 보기에 저 아가씨가 러시아 공주 같나요?" 모나크 소령이 내심 놀라서 물었다.

"제가 그렇게 보이게 만들면, 그렇게 보이죠."

"오, 그렇게 보이게 만드셔야 한단 말씀이군요─!" 그가 예리하게 따졌다.

"그게 바랄 수 있는 최선이지요. 그렇게 만들려고 해도 안되는 사람들이 너무 많거든요."

"자, 보세요, 귀부인이 바로 여기 있지 않습니까?" 설득력있게 미소를 지으며 그가 아내의 팔짱을 끼었다. "이미 만들어진 귀부인 말입니다!"

"오, 전 러시아 공주는 아니에요." 모나크 부인이 약간 쌀쌀맞게 항의했다. 나는 그녀가 몇몇 러시아 공주를 알고 지냈으며 그들이 마음에 들지 않았다는 것을 느낄 수 있었다. 미스 첨과 작업할 때는 전혀 걱정할 필요가 없는 그런 유의 복잡한 문제가 벌써 생긴 것이다.

문제의 젊은 아가씨는 검은 벨벳 옷—이 드레스는 꽤 낡았고 그녀의 여윈 어깨선을 상당히 깊숙이 드러냈다—을 입고 불그레한 손에 일본 부채를 들고 나왔다. 지금 작업 중인 장면에서는 누군가의 머리 너머로 바라보는 자세를 취해야 한다고 그녀에게 일러주었다. "누구 머리 위로 봐야 할지는 잊어버렸네. 하긴 그게 중요한 건 아니지. 그냥 머리 위로 쳐다보라고."

"난로 너머로 보는 게 낫겠어요." 미스 첨이 말했다. 그리고 그녀는 난롯가에 자리를 잡았다. 그녀가 자세를 잡고 몸을 꼿꼿이 펴더니 고개를 약간 뒤로 기울이고 부채를 약간 앞으로 늘어뜨리자, 적어도 선입관을 가진 내 감각으로 보기에 그녀는 빼어나고 매력적이며 이국적이면서 위험스러워 보였다. 모나크 부부와 나는 그런 모습을 한 그녀를 남겨둔 채 아래층으로 내려왔다.

"저도 저만큼은 할 수 있을 것 같은데요." 모나크 부인이 말했다.

"오, 그녀가 초라하다고 생각하시는군요. 하지만 예술의 연금술도 감안하셔야지요."

하지만 그들은 자신들이 진품이라는 확고한 이점을 든든하게 믿고서 누가 봐도 한결 편안한 모습으로 자리를 떴다. 나는 그들이 미스 첨에 대해 진저리를 치는 모습이 눈에 선했다. 자리로 돌아와 그들이 찾아온 용건을 말해주자 그녀는 우습다는 듯이 말했다.

"음, 그 숙녀분이 모델을 할 수 있다면 전 경리일이나 봐야겠네요." 내 모델이 말했다.

"그녀는 정말 귀부인 같아." 순진하게 약올리는 말투로 내가 대꾸했다.

"그렇다면 선생님한테는 더더욱 안됐네요. 다른 역은 할 줄 모른다는 말이니까요."

"사교계를 다룬 소설에는 괜찮을 거야."

"오, 정말 그래요, 그런 소설에는 쓸 만하겠어요!"
내 모델은 익살스럽게 단언했다. "근데 그딴 소설
은 그 여자가 굳이 안 들어가도 이미 형편없잖아
요?" 나는 종종 미스 첨에게 그런 소설을 대놓고
욕하곤 했던 것이다.


**3**


내가 모나크 부인을 처음 써본 것은 사교계 소
설 한 작품에 나오는 미스터리를 밝히는 삽화를 그
릴 때였다. 도움이 필요한 일이 있을까 하고 그녀
의 남편이 함께 왔다. 그가 대체로 그녀와 함께 오
고 싶어한다는 것은 명백해 보였다. 처음에는 그
가 '예의범절' 차원에서, 즉 질투가 나서 간섭하러
오는 게 아닐까 의심스러웠다. 그런 생각은 너무
나 피곤해서, 만일 사실로 확인되었다면 우리 관계
는 금방 끝났을 것이다. 그러나 그런 의도는 전혀
없으며, 그가 부인과 같이 오는 것은 (혹시 그가 필

요할지 모르는데다가) 오로지 다른 할 일이 없기 때문임을 곧 알게 되었다. 아내가 그에게서 떨어져 있으면 그는 할 일이 없어졌으니, 여태껏 그녀는 한번도 그의 곁을 떠난 적이 없었던 것이다. 그들의 옹색한 처지에서 서로간의 긴밀한 결합은 그들에게 주된 위안이며, 이 결합에는 약점이 전혀 없다고 나는 제대로 판단했다. 그것은 진정한 결혼관계였고 결혼을 망설이는 이들에게 용기를 북돋우는 사례이자 비관론자들에게는 요령부득의 난제였다. 그들의 주거지는 변변찮았고(나중에 주거지야말로 그들한테 진정으로 직업에 부합하는 유일한 점이라고 생각했던 기억이 났다), 소령이 혼자 남겨졌을 비참한 숙소를 상상할 수 있었다. 아내와 함께라면 견딜 수 있을 테지만 아내 없이는 견디기 힘든 그런 곳이었을 것이다.

그는 눈치가 빨라서 자신이 쓸모없을 때면 굳이 사근사근하게 굴려고 애쓰지 않았다. 내가 작업에 몰두해서 이야기를 나눌 수 없을 때면 그는 그냥 앉아서 기다렸다. 그러나 나는 그에게 이야기시

키기를 좋아했다. 왜냐하면 그의 이야기로 인해 작업에 방해만 되지 않는다면 내 일이 덜 지저분하고 덜 유별나게 느껴졌기 때문이다. 그의 말을 듣다 보면 외출할 때의 신나는 기분과 집 안에서 알뜰하게 지내는 효과를 동시에 누릴 수 있었다. 단 한가지 장애가 있었는데, 그것은 그와 그의 아내가 아는 사람들 가운데 내가 아는 사람이 하나도 없었다는 것이다. 지금 생각해보면 우리가 교유한 기간 동안 내가 도대체 누구랑 알고 지내는지 그가 참 궁금해했던 것 같다. 그로서는 도무지 짐작할 도리가 없었으므로 우리는 장황하게 이야기를 늘어놓지 않았다. 우리는 화제를 가죽과 주류(마구 제조상, 반바지 제조업자 및 좋은 적포도주를 저렴하게 구입하는 법), 그리고 '좋은 기차'와 작은 사냥감의 습성 같은 문제로 제한했다. 이 마지막 두 화제에 대한 그의 전문지식은 대단해서 역장과 조류학자를 겸할 수 있을 정도였다. 그는 거창한 문제를 다룰 수 없을 때면 자잘한 일들을 즐겁게 이야기했으며, 내가 그의 사교계 회고담을 따라가지 못할 때

에는 티내지 않고 대화를 내 수준으로 낮출 줄 알
았다.

누구든 간단히 때려눕힐 만한 사내가 이렇게
비위를 맞추려 애쓰는 모습이 애처롭기도 했다. 그
는 난롯불이 잘 타는지 살피고 물어보지 않아도 난
로의 송풍장치에 대한 자신의 의견을 밝히기도 했
다. 그가 내 방의 물건들 대부분이 촌스럽게 배치
되어 있다고 여기고 있음을 느낄 수 있었다. 한번
은 내가 돈만 많다면 그에게 봉급을 주고 살림살이
를 배우고 싶다고 말한 기억이 난다. 가끔 그는 뜬
금없는 한숨을 쉬었는데, 그 한숨의 요지는 이랬
다. "나한테 이처럼 초라하고 낡아빠진 판잣집이라
도 줘봐라, 그럼 아주 근사하게 만들어놓을 테니!"
내가 그를 모델로 쓸 일이 있을 때면 그는 혼자서
왔다. 이는 여자가 더 용기가 있음을 입증하는 사
례였다. 그의 아내는 그 고독한 이층방에서도 견딜
수 있었다. 또한 그녀는 대체로 남편보다 더 신중
하여 이런저런 사소한 일을 삼가면서 우리 관계를
분명히 직업적인 것으로 유지했다. 슬그머니 사교

적인 관계로 빠지지 않게 하려고 깍듯이 예의를 차
렸던 것이다. 그녀는 자신과 소령이 고용된 것이지
교제상대가 아님을 분명히 해두길 바랐다. 그리고
그녀는 나를 상관으로 인정하고 그 지위에 따라 합
당한 대우를 하더라도 자신과 대등할 정도로 훌륭
한 사람이라고는 전혀 생각하지 않았다.

　그녀는 대단한 집중력으로 온 마음을 다해 모
델 일에 전념했고 사진사의 카메라 앞에 있는 것처
럼 거의 꼼짝도 않고 한시간씩이나 앉아 있을 수
있었다. 그녀가 사진 모델을 자주 했음은 알 수 있
었지만, 사진에는 어울렸을 바로 그 습성이 어째서
인지 내 작업에는 맞지 않았다. 처음에 나는 그녀
의 귀부인 같은 분위기가 너무도 마음에 들었고,
그녀의 몸매를 따라가면서 그것이 얼마나 근사하
며 화필을 얼마나 술술 풀리게 하는지 느끼면서 만
족스러웠다. 하지만 몇번 그리고 나자 그녀가 더할
나위 없이 뻣뻣하다는 것을 발견하게 되었다. 어떻
게 그려보아도 내 그림은 사진이나 사진을 보고 베
낀 그림처럼 보였다. 그녀의 모습은 다양하게 표현

되지 못했는데, 그것은 그녀 자신에게 다양한 감각
이 전혀 없었기 때문이다. 그림이 이렇게 나오는
것은 내 책임이며, 그녀의 자세를 어떻게 잡아주
느냐의 문제일 뿐이라고 할 수도 있겠다. 나는 그
녀에게 가능한 모든 자세를 취하게 했지만, 그녀는
용케 그 차이를 지워버렸다. 그녀는 한결같은 귀부
인이 확실했고, 게다가 어김없이 똑같은 그 귀부인
이었다. 그녀는 진품이긴 했지만 언제나 똑같은 것
이었다. 자기가 정말 진품이라고 확신하는 그녀의
차분한 자신감 때문에 내가 압박을 느끼는 순간들
이 있었다. 그녀나 그녀의 남편이나 나를 대할 때
마다 이 일이 내게는 행운이라는 암시를 은근히 풍
겼다. 그러는 동안 나는 그녀가 자신의 유형을 스
스로—가령 미스 첨이라면 불가능하지 않은 그
런 영리한 방식으로—변모시키도록 만드는 대신
오히려 내 편에서 그녀에게 근접하는 유형을 만들
어내려 하고 있음을 알게 되었다. 아무리 조절하고
조심해도 내 그림 속의 그녀는 언제나 너무 키 큰
모습으로 나타났다. 그 바람에 나는 매력적인 여성

을 2미터가 넘는 거구로 그리고 마는 곤경에 빠졌다. 내 키가 이에 훨씬 못 미친다는 것을 고려하면 이런 여성은 내 이상형과 거리가 먼데도 말이다.

소령의 경우는 더 심했다. 무슨 수를 써보아도 그를 작게 그릴 수가 없었기에 그는 건장한 거인의 모델로만 쓸모가 있었다. 나는 표현의 다양성과 폭을 존중하고, 인간적 특징을 실감나게 보여주는 사건을 소중히 여겼다. 나는 인물을 치밀하게 형상화하고자 했으므로 어떤 유형에 얽매이는 위험을 이 세상에서 가장 싫어했다. 이 문제로 친구들 몇몇과 언쟁을 벌인 적이 있었다. 친구들이 유형에 얽매일 수밖에 없으며, 그 유형이 아름답다면(라파엘로와 다빈치를 보라) 거기에 얽매여도 손해볼 것이 없지 않느냐고 주장하는 바람에 그들과 결별하기까지 했었다. 나는 다빈치도 라파엘로도 아니며 주제넘게 나서는 현대의 젊은 탐구자에 불과할지 모르지만, 무엇보다 인물을 희생해서는 안된다고 주장했다. 사람들의 뇌리에 무시로 떠오르는 문제의 유형이 쉽게 인물이 될 수 있다고 그들이 단언했을 때,

나는 피상적인 대응인지 몰라도 "누구를 그린 인물을 말하는 거야?"라고 반박했다. 만인을 표현한 인물이란 없지 않은가. 그럴 경우 결국 누구도 표현하지 못하는 인물이 될 것이다.

모나크 부인을 열두어번 그리고 난 후에 나는 미스 첨 같은 모델의 가치가 어디서 나오는지 전보다 확실하게 깨달았다. 그 가치는 정확히 그녀에게는 어떤 명확한 유형이 없다는 사실, 그리고 그와 맞물려 그녀의 진정한 자산은 신기하고도 불가해한 모방의 재능이라는 또 하나의 사실에 있었다. 평상시 그녀의 외모는 최상의 연기를 요청받았을 때 걷어올리는 커튼과 같았다. 이 연기는 암시일 뿐이었지만, 그것을 알아보는 사람들에게는 복음이었다. 그것은 그만큼 생생하고 예뻤다. 때로는 그녀 자신은 못생겼지만 그녀가 연출한 모습은 너무 지루할 정도로 예쁘다는 생각마저 들었다. 그래서 나는 그녀를 모델로 그려낸 인물들이 너무 단조로울 정도로(우리가 늘 사용하던 말로는 '멍청할 정도로') 우아하다고 나무라기까지 했다. 이보다 더 그녀를 화나게 하는 말은 없었다. 그녀는 서로 공통점이 없는 다양한 인물의 모델이 될 수 있다는 것을 최고의 자부심으로 느꼈기 때문이다. 그럴 때 그녀는 내가 자신의 '평판'[3]을 떨어뜨린다고 비난하곤 했다.

나의 새 친구들의 방문이 거듭되면서 이 평판이라는 이상한 것이 얼마간 줄어들게 되었다. 미스 첨은 찾는 곳이 많아서 일자리가 궁한 적이 한 번도 없었기 때문에 나는 이따금 주저없이 그녀와의 약속을 미루고 편하게 모나크 부부를 그려보았다. 진품을 다루는 일은 처음에는 확실히 재미있었다. 이를테면 모나크 소령의 바지를 그리는 일은 재미있었다. 그의 모습이 거대하게 그려지긴 했지만 그 바지는 **진품**이었다. 그의 아내의 뒷머리(자로 잰 듯 아주 단정했다)와 딱 조이는 코르셋으로 유난히 '멋지게' 팽팽해진 몸매를 그리는 것도 재미있었다. 특히 그녀는 얼굴을 약간 돌리거나 희미하

---

3 '평판'을 잘못 발음하는 미스 첨의 말투를 감안하여 옮긴 것.

게 보이는 자세를 잘 잡았는데, 귀부인 같은 뒷모습과 '사라진 옆모습'[4]을 풍부하게 보여주었다. 똑바로 설 때에 그녀는 궁정화가 앞에 선 왕비나 공주의 자세를 자연스레 취했다. 그래서 그녀의 이런 장기를 살리기 위해 『칩사이드』 편집자에게 '버킹엄궁 이야기' 같은 진짜 궁정 로맨스를 출간하자고 해볼까 하는 생각까지 했다. 하지만 가끔 진품과 가짜가 맞닥뜨렸다. 이 말은 미스 첨이 약속시간에 맞춰 오거나 내가 붙들고 있는 일이 너무 많은 날에는 약속만 잡으러 왔다가 비위에 거슬리는 경쟁자들과 우연히 마주쳤다는 뜻이다. 이런 마주침을 그들은 만남이라고 생각하지도 않았다. 왜냐하면 그들은 그녀를 마치 하녀인 양 거들떠보지도 않았기 때문이다. 일부러 고상하게 굴려 해서가 아니라 다만 그들이 아직 모델끼리 친하게 지내는 법을 몰랐기 때문일 것이다. 짐작건대 그런 방법을 알기만 했다면 그들은 즐겨 그랬을 것이고 적어도 소령

---

4  약간 뒤에서 그려서 옆모습이 보이지 않는 포즈.

은 그랬을 것이다. 언제나 걸어다녔기 때문에 그들은 승합마차 이야기는 할 수 없었다. 그밖에 무슨 화제를 꺼낼지도 알지 못했는데, 미스 첨은 '좋은 기차'나 값싼 적포도주에는 관심이 없었던 것이다. 게다가 그들은 그녀가 자기들을 재미있어하고 자기들이 뭘 아느냐고 은근히 비웃는다는 것을 — 분위기로 — 느꼈음에 틀림없다. 그녀는 미심쩍은 속내를 감출 위인이 아니라서 표현할 기회가 되면 그런 속내를 드러냈다. 반면 모나크 부인은 미스 첨이 단정치 못하다고 생각했다. 그렇잖다면 자기는 천박한 여자들을 싫어한다고 내게 굳이 말할(이런 일은 모나크 부인에게는 흔한 일이 아니었다) 필요가 있었겠는가?

어느날 이 젊은 아가씨가 우연히 나의 다른 모델들과 자리를 같이하게 되었을 때(그녀는 시간이 날 때에는 잡담을 하러 들르기도 했다) 나는 그녀에게 차를 좀 준비해달라고 부탁했다. 그것은 그녀에게 익숙한 일이었고, 내가 단출한 살림살이로 간소하게 살고 있어 내 모델들에게 종종 부탁하는 그런 일이었다. 그들은 내 살림에 손대는 것을 좋아했고 그래서 취했던 포즈를 풀고 쉬기도 하고 때로는 사기 찻잔을 깨뜨리기도 했다. 그로 인해 그들은 집시 같은 기분을 느꼈던 것이다. 그런데 이 일이 있고 난 후 다시 만났을 때 미스 첨은 차 심부름 시킨 일로 한바탕 난리를 피워서 나를 엄청나게 놀라게 했다. 자기에게 창피를 주려고 그랬다고 나를 비난했다. 차 심부름 당시에 그녀는 모욕적이라고 분개하지 않았고 오히려 재미있어하며 공손하게 구는 것처럼 보였으며, 멍하니 말없이 앉아 있던 모나크 부인에게 크림과 설탕을 넣으시겠느냐고 물어보고 과장된 억지웃음까지 짓는 등, 우스꽝스러운 상황을 즐기는 듯했었다. 그녀는 자신도 진품으로 통하기를 바라는 듯 평소와는 다른 말투를 구사하는 바람에 모나크 부부가 화를 낼까봐 내가 걱정될 정도였다.

아, **그들**은 절대로 화를 내지 않기로 굳게 다짐하고 있었다. 그들이 이다지도 눈물겹게 참아내는 것을 보니 얼마나 궁핍한지 알 수 있었다. 그들은 한마디 불평 없이 내가 필요하다고 할 때까지 몇시간씩 앉아 있곤 했다. 혹시 자신들이 쓰일 일이 있을까 해서 왔다가도 그런 일이 없으면 유쾌하게 돌아가기도 했다. 나는 문간까지 배웅하며 그들이 얼마나 우아한 모습으로 물러가는지 지켜보곤 했다. 나는 그들에게 다른 일자리를 찾아주려고 애썼다. 다른 화가들에게 소개시켜주기도 한 것이다. 하지만 그들은 내가 납득할 만한 이유로 이 부부를 '받아들이지' 않았다. 나는 그들이 이런 실망스러운 일을 겪은 후 더 부담스럽게 내게 의지한다는 것을 다소 걱정스러운 마음으로 의식하게 되었다. 황송하게도 그들은 내가 그들의 품격에 가장 잘 어울리는 사람이라고 생각했다. 그들은 유화화가의 모델이 될 만큼 그렇게 멋지지는 않았고, 당시에는 펜화 작업을 진지하게 하는 사람도 많지 않았던 것이다. 뿐만 아니라 그들은 내가 전에 그들에게 언급했던 그 대단한 작업에 눈독을 들이고 있었다. 그들은 우리의 훌륭한 소설가를 그림을 통해 옹호하는 내 작업의 정수를 제공하겠다는 마음을 은밀하게 품고 있었다. 이 일을 하는 데 내가 의상효과나 지난 시대의 화려한 장식 따위는 필요로 하지 않으리라는 것 — 모든 것이 현대적이고 풍자적이며 아마도 품위가 있는 그런 경우라는 것 — 을 알고 있었다. 이 작업은 물론 장기간 계속되어 일거리가 끊이지 않을 것이므로, 내가 그들을 이 일에 쓰게 된다면 그들의 장래는 보장될 것이다.

하루는 모나크 부인이 남편 없이 왔다. 남편은 런던 시내에 볼일이 있어서 못 왔노라고 해명했다. 그녀가 여느 때처럼 불안하고 뻣뻣하게 앉아 있을 때 현관에서 나직한 노크 소리가 들렸고, 나는 실직한 어느 모델이 조심스레 일자리를 부탁하러 온 것임을 금세 알아차렸다. 연이어 한 젊은이가 들어왔는데 그가 외국인임을 나는 쉽게 알아챘다. 사실 그는 이탈리아 사람으로 내 이름 말고는 영어를 한 단어도 몰랐고, 그가 발음하는 방식으로는 내 이름이 전혀 내 이름처럼 들리지 않았다. 당시 나는 이탈리아에 가본 적도 없었고 이탈리아어를 능숙하게 할 줄도 몰랐다. 그러나 그는 혀라는 표현수단

에만 의지할 만큼 — 이탈리아 사람치고 누가 그럴
까마는 — 주변머리가 없는 사람이 아니라서 친근
하고 우아한 몸짓을 써서 내 앞에 앉은 부인이 하
는 바로 그런 일을 찾고 있다는 뜻을 전달할 수 있
었다. 처음에 나는 그에게 강한 인상을 받지 못했
기 때문에 계속 그림을 그리면서 거친 소리를 내뱉
어 실망과 거부를 표시했다. 하지만 그는 치근대는
기색 없이 너무 순진해서 뻔뻔하게 보일 정도로 우
직한 충견처럼 진실한 눈빛을 하고 꿋꿋하게 그 자
리에 서 있었다. 그 모습은 마치 억울하게 의심받
는 충직한 하인(그는 여러해 동안 하인노릇을 했
을지도 모른다) 같았다. 불현듯 나는 바로 이 자세
와 표정이야말로 그림이 된다는 것을 알아보았고
따라서 그에게 자리에 앉아 내가 일을 마칠 때까지
기다리라고 일렀다. 그가 내 말에 고분고분 따르는
모습도 또 한장의 그림이 되었다. 고개를 젖힌 채
높다란 화실 여기저기를 경이에 찬 눈으로 쳐다보
는 모습도 여러장의 그림이 될 만함을 나는 작업
중에도 눈여겨보았다. 그는 마치 성 베드로 대성당

에 들어와 그 경이로움에 성호를 긋고 있는 듯한 모습이었다. 나는 작업을 끝내기도 전에 속으로 말했다. '저 친구는 빈털터리 오렌지 상사*상±*일 테지만 진짜 보물인걸.'

모나크 부인이 돌아가려 하자 그는 번개같이 방을 가로질러서 문을 열어주고는 젊은 베아트리체에게 매혹당한 젊은 단테의 황홀하고도 순수한 눈빛을 하고 거기 서 있었다. 나는 이런 경우 멍하게 바라보기만 하는 영국 하인을 결코 고집한 적이 없기 때문에 그에게 모델의 자질뿐 아니라 하인의 자질도 있다고 생각했다(나는 하인이 한 사람 필요했지만 그 일만 보고 급료를 줄 여유는 없었다). 요컨대 그가 이 이중의 직무를 수행하는 데 동의한다면 이 쾌활한 모험가 청년을 고용하기로 결심했다. 내 제안에 그는 뛸 듯이 기뻐했고, 결과적으로 내 성급한 결정(나는 그에 대해 아무것도 아는 게 없었으므로)을 탓할 일은 없었다. 겪어보니 보좌역으로는 산만하긴 하지만 서글서글한 사람이며, 놀라울 정도로 뛰어난 '포즈에 대한 감각'을 지

니고 있었다. 그것은 계발된 것이 아니라 본능적인
것이었다. 그런 시의적절한 본능이 그를 내 화실로
인도했고 문간에 걸린 내 이름을 읽어내게 한 것이
다. 그는 어떤 사전지식 없이 다만 밖에서 보이는
높다란 북쪽 창문의 모양을 보고 짐작만으로 이곳
이 화실이며 화실에는 당연히 화가가 있을 것이라
고 생각했다. 그는 여느 떠돌이들처럼 돈벌이를 하
려고 영국으로 흘러들었다가 동업자와 함께 조그
만 녹색 손수레를 끌고 싸구려 얼음과자 장사를 시
작했던 모양이다. 얼음과자가 녹아버리자 동업자
역시 어디론가 감쪽같이 사라져버렸다. 이 젊은 친
구는 몸에 딱 붙는 붉은 줄무늬의 노란색 바지를
입고 있었고 이름이 오론테라고 했다. 얼굴 혈색은
나쁘지만 피부가 희고, 내가 입던 헌옷가지를 입혔
더니 영국인처럼 보였다. 그는 필요할 때면 이탈
리아 사람처럼 보일 줄 아는 미스 첨이나 마찬가지
였다.

**4**

　남편과 같이 다시 온 모나크 부인은 오론테가 고용된 것을 보자 얼굴에 약간의 경련이 일어나는 것 같았다. 나폴리의 부랑자 나부랭이가 그녀의 위풍당당한 소령의 경쟁자라는 사실을 도저히 받아들이기 힘들었던 것이다. 위험을 먼저 감지한 쪽은 부인이었다. 소령은 유별나게 눈치가 없었기 때문이다. 하지만 오론테는 온갖 실수를 저지르면서도 성의껏 우리에게 차를 내왔고(그는 이 희한한 차 대접과정을 한번도 본 적이 없었다), 그녀는 내가 마침내 '정식 하인'을 두었다고 나를 더 높이 평가한 것 같다. 그들은 이 하인을 모델로 그린 두어 점의 삽화를 보았는데, 모나크 부인은 오론테가 그 그림의 모델이라는 생각이 전혀 들지 않는다고 넌지시 말했다. "이건 우리를 모델로 그린 그림인데, 우리랑 아주 똑같잖아요." 그녀는 의기양양하게 미소지으며 나에게 일깨워주었다. 그러자 나는 이것이야말로 바로 그들의 결점임을 깨달았다. 모나크 부부를 그릴 때는 어찌된 일인지 그들로부터 벗어나 내가 표현하려는 인물 속으로 몰입할 수가 없었다. 그리고 내 그림의 모델이 누구인지 사람들이 알아보는 일은 내가 전혀 바라는 바가 아니었다. 미스 첨을 알아보는 일은 전혀 없었는데, 모나크 부인은 그녀가 하도 천박하니까 내가 아주 적절하게 그녀를 감춰버린 것이라고 생각했다. 반면 부인 자신의 모습이 보이지 않는다면 그건 오로지 죽어서 천당에 가는──그 대신 천사 하나가 더 생기는──경우라고 생각했다.

이 무렵 나는 방대한 기획전집의 첫권인 『러틀랜드 램지』의 삽화작업을 어느정도 시작하고 있었다. 즉 소령 부부의 도움을 받아 그린 몇점을 포함해 십여점의 삽화를 그려서 승인을 해달라고 출판사에 보냈다. 이미 암시했듯이 이번 경우는 특별히 내게 맡겨진 한권 전체의 작업을 원하는 대로 할 수 있도록 출판사와 양해가 된 상태지만, 내가 전집의 나머지 권들을 맡게 될지는 미지수였다. 솔직히 진품을 수중에 두고 있는 것이 정말로 위안이

되는 순간들도 있었다. 『러틀랜드 램지』에는 진품과 흡사한 인물들이 있었기 때문이다. 아마 소령만큼 자세가 똑바른 사람들과 모나크 부인만큼 멋진 옷차림의 여자들이 있었다. 시골 저택의 생활—멋지고 환상적이며 아이러니하고 일반화된 방식으로 다뤄진 것은 사실이지만—이 많이 나왔고, 니커보커스와 킬트[5] 차림을 암시하는 대목도 상당히 있었다. 처음부터 결정해두어야 할 사항이 있었다. 가령 주인공의 정확한 외모라든지 여주인공의 얼굴 홍조 같은 것이다. 물론 작가가 실마리를 주지만 해석의 여지는 있었다. 나는 모나크 부부에게 내 속내를 털어놓았고, 내가 무엇을 하려는지 솔직히 말했으며 당면한 어려움과 대안들을 언급했다. "오, 이이를 쓰세요!" 모나크 부인이 자기 남편을 바라보며 다정하게 속삭였다. "제 아내보다 더 좋은 모델이 어디 있겠습니까?" 소령은 이제 우리 사이에 생겨난 편안하고 솔직한 태도로 내게 물었다.

5　각각 무릎께까지 오는 반바지와 남성용 치마로 뉴욕과 스코틀랜드의 고유 의상.

내가 이런 질문에 꼭 대답할 필요는 없었다. 나는 단지 모델들을 배치하기만 하면 되었다. 그럼에도 나는 마음이 편치 않았고, 어쩌면 약간 소심해져서 이 질문에 대한 해결을 미뤘는지 모른다. 책은 커다란 화폭과 같았고 다른 인물도 많이 나왔기 때문에 나는 남녀 주인공이 관련되지 않은 일화들부터 작업해나갔다. 일단 **주인공들을** 정하고 나면 그들을 끝까지 일관되게 그려야 하기 때문이었다. 내 그림 속 젊은 주인공의 키가 여기서는 210센티미터였다가 저기서는 174센티미터일 수는 없는 노릇이니까. 나는 대체로 후자의 키 쪽으로 마음이 기울었지만, 소령은 자신이 누구 못지않게 젊어 보인다는 것을 여러차례 상기시켰다. 소령의 나이를 알아차리기 어렵게 그의 모양새를 손보는 것은 분명 가능한 일이었다. 스스럼없는 오론테와 한 달을 지내면서 그의 타고난 생기발랄함 때문에 얼마 못 가서 우리 관계가 넘기 힘든 장애에 부닥칠 것이라고 여러차례 타이르기도 했지만, 나는 그가 지닌 주인공으로서의 자질에 눈뜨게 되었다. 그는 키가 170센티미터밖에 되지 않았지만 부족한 부분은 얼마든지 채울 수 있을 것 같았다. 처음에 나는 그를 몰래 그리다시피 했다. 나의 선택에 대해 모나크 부부가 어떤 판단을 내릴지 정말로 적잖게 염려되었기 때문이었다. 그들은 미스 첨을 모델로 쓰는 것도 속임수나 마찬가지로 여기는데, 이탈리아인 행상처럼 진짜 신사와 동떨어진 사람을 명문사립학교를 나온 주인공의 모델로 쓰는 것을 어떻게 생각하겠는가?

내가 그들을 조금 두려워하게 되었다면 그것은 그들이 나를 윽박질렀다거나 고자세를 취했기 때문이 아니라, 오히려 정말 애처로울 만큼 예의바르면서도 희한하게 항상 새로움을 잃지 않는 태도로 내게 너무도 절박하게 매달렸기 때문이다. 그렇기에 나는 잭 홀리가 귀국하자 무척 기뻤다. 그는 늘 탁월한 조언자였다. 그림은 잘 그리지 못했지만 정확한 비평을 하는 점에서 그를 따를 사람은 없었다. 그는 일년간 영국을 떠나 있었다. 신선한 안목을 얻기 위해 어딘가에 — 어딘지 기억나지 않는

데─가 있었다. 비평적 안목과 같은 그런 재능은 상당히 두려웠지만, 우리는 오랜 친구 사이였다. 사실 그가 떠난 지 몇달이 지나자 내 삶 속으로 공허감이 스며들기 시작했다. 일년간 나는 예리한 비평에 단련받지 못했던 것이다.

그는 신선한 안목을 지니고 돌아왔지만 낡은 검정 벨벳 상의는 그대로였다. 그가 내 화실에 찾아온 첫날 저녁 우리는 새벽까지 담배를 피워댔다. 그는 그림은 그리지 않고 안목만 높아져 돌아왔다. 그렇기에 나의 소품들을 보여주기에는 적격이었다. 그는 『칩사이드』에 실릴 작품들을 보고 싶어했으나 보여주자 실망했다. 적어도 그것이 그가 다리를 꼬고 커다란 소파에 기대앉아 내 최근 그림들을 보며 담배연기와 함께 입술 밖으로 두어번 토해낸 의미심장한 신음의 의미인 듯했다.

"뭐가 문제야?" 내가 물었다.

"자네야말로 뭐가 문제야?"

"아무 문제도 없어. 그냥 뭐가 뭔지 모르겠어."

"정말 그래. 자넨 완전히 맛이 갔어. 이건 웬 뚱

딴지 같은 새 변덕이야?" 그러고 그는 삽화 한점을 내게 불손하게 집어던졌는데, 그것은 위풍당당한 모나크 소령과 그 부인이 함께 그려진 그림이었다. 내가 그 그림이 근사한 것 같지 않으냐고 물으니까 그는 내가 애써 추구한다고 늘 내세웠던 경지에 비해 너무 형편없는 그림이라고 대답했다. 하지만 나는 그 말을 그냥 넘겼다. 그만큼 그의 진의를 정확히 알고 싶은 마음이 간절했던 것이다. 그림 속의 두 인물은 너무 거대해 보였지만 그것이 문제라는 뜻은 아닌 것 같았다. 왜냐하면 그가 반대로 알고 있는 바에 따르면 내가 의도적으로 그렇게 크게 그리려 했을 수도 있기 때문이다. 나는 그가 일년 전에 영광스럽게도 내게 찬사를 보내던 때와 똑같은 방식으로 작업하고 있다고 주장했다. "글쎄, 어딘가 단단히 잘못됐어." 그가 대답했다. "잠깐 있어봐, 뭐가 잘못된 건지 찾아볼게." 나는 그가 그렇게 해주리라 믿었다. 이때가 아니면 그 신선한 안목을 어디다 써먹겠는가? 하지만 그는 끝내 "모르겠어 ─ 인물의 유형이 마음에 들지 않아"라는 모호한 말밖에 하지 못했다. 나랑 오로지 기법의 문제나 손놀림의 방향, 명암의 비법만을 논하려 했던 비평가의 발언치고는 시답잖은 답변이었다.

"자네가 보고 있는 이 그림에서 내 인물 유형들은 아주 준수한 것 같은데."

"아, 이런 유형들은 안되겠어!"

"새 모델을 두명 고용했다네."

"그건 알겠어. 이 사람들은 안되겠어."

"확신하고 하는 소리야?"

"틀림없어. 멍청한 사람들이야."

"내가 멍청하다는 말이군—그런 문제를 극복해야 하는 건 나니까."

"그렇게는 안돼—이런 사람들 갖고는. 이 사람들 도대체 누군가?"

그에게 필요한 만큼 설명하자 그는 매정하게 단언했다. "문밖으로 쫓아내야 할 사람들이야."

"자넨 그 사람들을 아직 못 봤잖은가. 정말 착한 사람들이야." 나는 불쌍한 마음으로 그의 말에 반박했다.

"그 사람들을 못 봤다고? 세상에, 자네 최근작들이 그들 때문에 전부 작살난 상태야. 뭘 더 보고 싶겠어."

"자네 말곤 아무도 그 그림을 비판하지 않았네. 『칩사이드』쪽 사람들은 마음에 들어했다고."

"모두 바보들이야. 『칩사이드』놈들은 바보 중의 바보고. 이보게, 요즘 같은 세상에 일반대중, 특히 출판업자와 편집자에 대해 그럴싸한 환상을 가진 척하지 말게. 그런 같잖은 사람들을 위해 자네가 그림을 그리는 게 아니잖은가—자네를 알아보는 사람들을 위해 그리는 거지. '알아보는 사람들'[6]을 위해서 말이야. 그러니 자네 자신을 위해 정진하지 못하겠으면 나를 위해서라도 정진해주게. 처음부터 자네가 시도한 것에는 뭔가 뜻깊은 게 있어. 정말 대단한 것이지. 하지만 이런 졸작은 거기에 끼지 않아." 나중에 『러틀랜드 램지』와 내가 맡을 수도 있는 그 후속작업 이야기를 꺼내자 그는 내가 원래의

6 단테가 『신곡』에서 아리스토텔레스를 가리켜 '알아보는 사람들의 대가'라고 지칭한 데서 비롯된 표현.

자세로 돌아가지 않는다면 필시 낭패를 볼 것이라
고 단언했다. 그의 목소리는 요컨대 경고의 목소리
였다.

　나는 그것이 경고임을 알아차렸지만 내 친구들
을 문밖으로 내치지는 않았다. 나는 그들이 상당히
지겨웠지만, 단지 지겹다는 사실 때문에 —그들에
게 뭔가 해줄 수 있는데도—그들을 화풀이 대상
으로 삼아서는 안된다고 스스로를 타일렀다. 이 시
기를 회상해보면 그들이 내 삶에 상당히 깊숙이 파
고들었던 것 같다. 내 화실에서 일과의 대부분을
보내던 그들의 모습이 떠오른다. 방해되지 않도록
벽에 등을 대고 낡은 벨벳 긴 의자에 앉아 있는 그
들의 모습은 마치 궁정 대기실에서 참을성있게 앉
아 있는 한쌍의 신하들처럼 보였다. 동장군이 몰아
친 몇주간은 난방비를 절약하려고 그 자리를 지키
고 있었음이 틀림없다. 그들의 참신함은 빛을 잃
어가고 있었고 그들을 자선의 대상으로 느끼지 않
을 수 없게 되었다. 미스 첨이 올 때마다 그들은 자
리를 비켰는데, 내가 『러틀랜드 램지』 작업을 본격

적으로 시작한 후 미스 첨은 매우 자주 왔다. 그들은 내가 그 책에 등장하는 하류층의 삶을 표현하려고 그녀를 쓰는 것이려니 하는 자기들 생각을 암묵적으로 전달해왔다. 나는 그들이 그 소설을 유심히 살펴보고도 — 그 책은 화실에 아무렇게나 놓여 있었다 — 최상류층만을 다룬다는 사실을 알아채지 못하는 것을 보고 그들이 그렇게 생각하도록 내버려두었다. 그들은 우리 시대 최고 소설가의 작품을 훑어보고도 많은 구절의 의미를 해독하지 못했다. 잭 홀리의 경고에도 불구하고 나는 이따금씩 한시간가량 그들을 계속 그렸다. 해고할 필요가 있으면 혹한이 끝난 후에 해고해도 늦진 않을 것이다. 홀리는 그들과 안면을 트게 되었고 — 그는 내 난롯가에서 그들을 만났다 — 그들을 우스꽝스러운 부부로 여겼다. 그가 화가라는 걸 알자 그들은 그에게도 접근해서 자기들이 진품임을 보여주려 했다. 하지만 그는 큰 방의 맞은편에 있는 그들을 수십리 밖에 있는 사람 보듯 바라보았다. 그들은 홀리가 이 나라의 사회체제에서 비판해 마지않는 모든 것

**진품**

**149**

을 집약한 축소판이었다. 너무 인습적인데다 온몸에 에나멜가죽을 휘감고 대화의 흐름을 끊는 감탄사를 연발하는 이런 족속은 화실에 있을 일이 없다는 것이었다. 화실이란 보는 법을 배우는 곳인데, 일신의 안락이나 구하는 부부를 통해 뭘 어떻게 볼 수 있단 말인가?

그들 때문에 겪은 가장 불편한 점은 키 작은 재주꾼 하인이 『러틀랜드 램지』의 모델 일을 시작했다는 것을 그들이 알아차릴까봐 처음에는 조심스러웠던 점이다. 그들은 내가 구레나룻에다 충분한 자격을 갖춘 신사를 쓸 수 있는데도 길거리에 떠도는 외국인 부랑자를 채용할 정도로 별스럽다는 것을 알게 되었지만(이때쯤에 그들은 화가들에겐 별난 구석이 있다는 것을 받아들일 마음가짐은 되어 있었다), 내가 그의 재능을 얼마나 높이 평가하는지는 상당한 시간이 흐른 후에야 알게 되었다. 그들은 그가 포즈를 취한 모습을 여러번 보았으면서도 내가 그를 거리의 풍각쟁이 역으로 쓰고 있다고 철석같이 믿었다. 그들이 짐작도 못할 일들이 몇가지 있었는데, 그중 하나는 제복 입은 하인이 잠시 등장하는 소설 속의 인상적인 장면에서 모나크 소령을 하인 역에 쓸 생각이 문득 떠올랐던 일이다. 나는 이 일을 계속 미뤘는데 그에게 맞는 제복을 구하기도 어렵거니와 제복을 입어달라고 부탁하고 싶지도 않았기 때문이다. 그러던 어느 겨울 오후, 그들한테 경멸받는 오론테를 모델로 세우고 작업하면서(그는 내 생각을 순식간에 파악했다) 일이 일사천리로 진행될 것 같은 예감에 들떠 있을 때, 소령과 그의 아내가 실없이 사교적인 미소를 지으며(이제는 웃을 일도 점점 없어졌다) 딱 들어섰다. 그들은 마치 예배를 마치고 공원을 산책한 후 점심을 먹고 가라고 하는 바람에 붙잡힌 시골 저택 방문객 ─ 그들을 보면 언제나 이런 방문객이 생각났다 ─ 같았다. 점심식사는 끝났지만 차를 마시고 갈 수는 있었고, 나는 그들이 그러기를 원한다는 것을 알았다. 하지만 나는 한창 열이 올라 있던 터라, 내 모델이 차를 준비하는 동안 저물어가는 햇빛과 더불어 그 열기를 식히고 작업을 중단할 수는 없었다. 그래서 모나크 부인에게 차를 준비해줄 수 없겠느냐고 부탁했다. 그렇게 요청하자 일순간 그녀의 얼굴은 새빨개졌다. 그녀는 잠시 남편의 눈을 바라보았고 얼마간의 말없는 교감이 둘 사이에 오갔다. 그들의 어리석음은 다음 순간 바로 끝나버렸다. 소령이 쾌활하고도 영리하게 상황을 종결지은 것이다. 그들의 상처난 자존심을 동정하기는커녕, 나는 이 기회에 최대한 철저한 교훈을 주기로 마음먹었다는 점을 덧붙여야겠다. 그들은 둘이 같이 부산을 떨며 잔과 받침을 꺼내고 주전자에 물을 끓였다. 그들이 마치 내 하인에게 시중들고 있는 기분이라는 것을 알고 있었다. 차가 준비되었을 때, 나는 "그에게도 한잔 갖다주시죠—피곤할 테니까"라고 말했다. 모나크 부인이 오론테가 서 있는 곳으로 차를 한잔 가져다주자, 그는 마치 파티장에서 오페라모자[7]를 팔꿈치에 끼고 있는 신사처럼 그녀에게서 찻잔을 받아들었다.

---

7  접어도 모양이 망가지지 않는 실크모자.

그러자 그녀가 나를 위해 굉장한 수고를 했으니 ─ 그것도 상당히 고상하게 그 일을 해냈으니 ─ 그녀에게 뭔가 보답을 해야 한다는 생각이 들었다. 이 일이 있은 후 그녀를 볼 때마다 나는 어떤 보답을 할지 궁리했다. 그들에게 사례하기 위해 잘못된 일을 계속할 수는 없었다. 그들을 모델로 씀으로써 내 작품에 찍히는 낙인 같은 흔적, 아, 그것이야말로 정말 잘못된 일이었다. 이제 그렇게 말하는 사람은 홀리만이 아니었다. 『러틀랜드 램지』의 삽화로 실을 많은 그림들을 출판사로 보낸 후, 나는 홀리의 경우보다 훨씬 더 정곡을 찌르는 경고를 받았다. 출판사의 미술고문은 내 삽화의 대부분이 기대에 못 미친다는 의견을 내놓았다. 이 삽화들 대부분은 모나크 부부를 모델로 한 것이었다. 무엇을 기대했는지 캐묻지는 않았지만 이런 식으로 나가다간 후속작업을 따낼 수 없다는 것을 알았다. 나는 미스 첨에게 필사적으로 매달렸고, 그녀가 최대한의 솜씨를 발휘하도록 다그쳤다. 나는 대놓고 오론테를 주인공으로 썼을 뿐 아니라, 어느날 아침 모나크 소령이 지난주에 모델을 섰던 『칩사이드』의 인물을 마저 그리려면 자기가 필요하지 않을까 하고 찾아왔을 때 나는 마음을 바꿨노라고, 그 역에 내 하인을 쓰겠노라고 말했다. 이 말을 들은 소령은 창백해지더니 멍하니 나를 쳐다보며 서 있었다. "당신이 생각하는 영국신사가 그란 말입니까?" 그가 물었다.

나는 실망하고, 신경이 곤두섰으며, 하던 작업을 계속하고 싶었다. 그래서 짜증스럽게 대답했다. "오, 소령 ─ 당신 때문에 내가 망할 순 없잖소!"

그는 잠시 더 서 있었다. 그러고는 아무 말 없이 화실을 떠났다. 그가 사라졌을 때 나는 다시 그를 만날 일은 없겠지 하고 혼잣말을 하면서 안도의 한숨을 내쉬었다. 내 작품이 거절당할 위기에 처했다고 딱 잘라 말한 적은 없지만, 그가 파국의 분위기를 감지하지 못하고 우리의 성과 없는 협동작업의 교훈을 읽어내지 못하는 게 짜증스러웠다. 가상적인 예술의 세계에서는 아무리 지체높은 명사라해도 그림이 되지 않을 수 있다는 교훈 말이다.

그들에게 빚진 돈이 없었지만 나는 그들을 다시 보게 되었다. 사흘 후 그들 둘은 다시 나타났는데, 이런 상황에서 그들이 다시 찾아왔다는 사실에는 뭔가 비극적인 면이 있었다. 내게는 그들이 삶에서 다른 할 일을 찾을 수 없었다는 증거이기도 했다. 그들은 우울하게 머리를 맞대고 이 문제를 철저하게 곱씹었고, 자신들이 이번 전집 기획에서 빠졌다는 나쁜 소식을 이미 받아들였던 것이다. 『칩사이드』의 작업에도 소용없다면 그들이 대체 무슨 일을 할지 정하기란 어려워 보였다. 그래서 처음에 나는 그들이 관대하고 예의바르게 마지막 작별인사를 하러 왔다고 판단할 수밖에 없었다. 나는 호들갑을 떨 여유가 없다는 것이 내심 아주 흐뭇했다. 왜냐하면 내 다른 모델 둘에게 함께 포즈를 취하게 하고, 내게 영예를 가져다주길 희망하면서 그림 그리기에 한창 열중하고 있었기 때문이다. 이 장면은 러틀랜드 램지가 자기 의자를 아르테미지아의 피아노의자 곁으로 당겨 그녀에게 아주 특별한 말을 하는데도 그녀가 어려운 피아노곡을 치는 데에만 열중하는 척하는 대목에서 시사받은 것이었다. 나는 전에도 미스 첨이 피아노 앞에 앉은 모습을 그린 적이 있는데, 그녀는 이 자세에서 우아한 시적 분위기를 끌어내는 법을 알고 있었다. 나는 이 두 인물이 '함께 포즈를 취하기'를 간절히 바랐고, 작은 키의 이탈리아인 모델은 내 구상에 완벽하게 들어맞았다. 내 앞에 선 이 한쌍의 모습은 생생하게 살아 있었고, 피아노 뚜껑은 열려 있었다. 그것은 잘 어울리는 젊은이들이 사랑을 속삭이는 매혹적인 장면이었기에 나는 그 모습을 포착해서 그대로 그려내기만 하면 되었다. 모나크 부부는 선 채로 이 모습을 지켜보았고, 나는 그들에게 어깨 너머로 눈인사만 했다.

그들은 아무런 반응을 보이지 않았지만 나는 사람들이 말없이 지켜보는 데 익숙한 터라 작업을 계속했다. 다만(이런 **구도야말로** 적어도 이상적이라는 느낌으로 들떠 있긴 했지만) 결국 그들을 떨쳐버리지 못한 것이 약간 당혹스럽긴 했다. 곧 모나크 부인의 감미로운 목소리가 내 곁에서, 아니 내

머리 위에서 들렸다. "미스 첨의 머리를 좀더 멋있게 손질하면 좋겠어요." 내가 올려다보았더니 그녀는 등을 돌리고 앉은 미스 첨을 묘한 눈빛으로 노려보고 있었다. 그녀는 계속해서 "제가 조금 만져드리면 안될까요?"라고 물었는데, 이 말에 나는 그녀가 젊은 아가씨에게 해코지할 수도 있다는 본능적인 두려움에 사로잡힌 듯 자리에서 벌떡 일어났다. 하지만 그녀는 결코 잊을 수 없는 눈빛 ─ **그 눈빛을** 그릴 수만 있다면 하는 심정이었음을 고백한다 ─ 으로 나를 진정시키더니 곧 내 모델에게 다가갔다. 그녀는 미스 첨의 어깨에 한 손을 얹고 그녀의 머리 위로 몸을 굽히며 부드럽게 말을 걸었다. 미스 첨이 말귀를 알아듣고 감사히 받아들이자 부인은 그녀의 헝클어진 고수머리를 몇번 빠른 손길로 매만져서 미스 첨의 머리를 갑절이나 더 매혹적으로 만들었다. 그것은 내가 목격한 개인적인 봉사행위 가운데서 가장 고결한 행동이었다. 그러고 나서 모나크 부인은 낮은 한숨을 쉬며 돌아섰고, 할 일이 없나 둘러보더니 고결하고도 겸손한 태도로 바닥에 몸을 굽혀 내 화구상자에서 떨어진 더러운 천조각을 주웠다.

그러는 동안 소령 또한 일거리를 찾아 화실의 맞은편 끝까지 두리번거리고 가다가 내가 먹은 아침식사 그릇이 방치된 채 치워지지 않은 것을 발견했다. "저기, 제가 여기 일 좀 도와드려도 될까요?" 그는 어쩔 수 없이 떨리는 목소리로 내게 소리쳤다. 나는 아마도 어색하게 웃으면서 그러라고 했고, 이후 십분 동안 나는 그림을 그리면서 사기그릇이 가볍게 부딪히고 숟가락과 유리잔이 달그락거리는 소리를 들었다. 모나크 부인이 남편을 도와서 함께 내 식기를 씻은 후 정리했다. 그들은 부엌 한편의 작은 식기실에도 들어갔는데 나중에 보니 식칼도 말끔히 닦아놓았고 얼마 되지 않는 접시도 전에 없이 반짝거렸다. 그들이 그런 일을 하면서 암묵적으로 호소하는 것이 무엇인지를 확실히 느끼는 순간, 내 그림이 잠시 흐릿해지고 빙빙 도는 것 같았음을 고백한다. 그들은 이미 자신들의 실패를 받아들였지만, 자신들의 운명까지 받아들일 수는 없었다. 그들은 진품이 가짜보다 훨씬 덜 중요해질 수 있는 괴팍하고도 잔인한 법칙 앞에서 당황하며 고개를 숙였지만, 굶주리기를 원치는 않았다. 내 하인이 내 모델이 된다면 내 모델이 내 하인이 될 수도 있는 것이다. 그들은 기꺼이 역할을 뒤바꿀 수 있었다. 저들이 신사숙녀 역을 한다면 그들 자신은 하인 역을 하겠다는 것이었다. 그들은 아직도 가지 않고 화실에 있었는데 그것은 자기들을 내치지 말라고 간구하는 무언의 호소였다. "우리를 써주세요." 그들은 이렇게 말하고 싶어했다. "무슨 일이건 하겠어요."

이 모든 상황이 눈앞에 펼쳐지자 영감은 사라져버렸다. 화필이 내 손에서 툭 떨어졌다. 내 작업은 결딴났고, 나는 무슨 일인지 몰라 어리둥절하고 겁먹은 모델들을 집으로 돌려보냈다. 그후 소령과 그의 부인만 남은 그 순간은 내게 너무도 불편한 시간이었다. 소령은 그들의 기원을 한 문장으로 표현했다. "저, 아시죠─우리에게 그냥 일을 시켜주시기만 하면 안될까요?" 그럴 수는 없었다. 그들이 내 음식찌꺼기를 비우는 모습을 보는 것은 끔찍했으니까. 하지만 그들의 소원을 들어주는 셈으로 한 일주일은 그렇게 하는 체했다. 그후 나는 약간의 돈을 주고 그들을 내보냈고 다시는 그들을 보지 못했다. 나는 전집의 나머지 권들에 대한 일감을 따냈지만 내 친구 홀리는 모나크 소령 부부가 내게 돌이킬 수 없는 해를 입혀 이류화가의 기교를 부리게 만들었다고 두고두고 지적했다. 그 말이 사실이라 해도 그런 대가를 치렀다는 것에 만족한다. 두 사람에 대한 추억의 대가 말이다.